追放したくせに、もう遅いです！
捨てられた幼女薬師、実は最強でした

佐藤三

目次

クールな
S級竜騎士
リュウリ
竜・リードを操る最高位の騎士。
魔獣に襲われ瀕死状態
だったところを、エリーの
ポーションによって救われる。
普段はクールだが、
エリーには何かと過保護に
尽くしてくれる。
ドラゴン薬局に
住み着く謎のもふもふ
ペン
リュウリが経営を
引き継ぐことになった薬局に
住み着いていたデブ猫。
なぜか関西弁で人間の
言葉を喋る。好物は
猫缶すぺしゃる。
異世界
転生した幼女薬師
エリー
もとはブラック企業に勤めるOL。
過労がたたり死亡、異世界に転生する。
親に捨てられパーティーの薬師として
懸命に働いていたが、
能力だけを搾取され、ある日あっけなく
追放されてしまう。
途方に暮れていたところを
リュウリに拾われ、
小さな薬局を
営むことに。
Main Character

追放したくせに、もう遅いです！

捨てられた幼女薬師、実は最強でした

エリーを追放した…異能パーティー「緋色の風」

能力のみを搾取する魔剣士
ディア

真っ赤な瞳と金色の髪をもつ魔剣士。
実力者と思われているが、実は他人の能力を搾取し、自分の手柄と見せかけている愚者。
エリーを追放した後、最強の魔物・ヒドラを討伐する仕事を請け負う。

薬師・ユラ

エリーの代わりに雇われた薬師。能力はエリーに劣るが、美人だという理由で新しく採用された。

聖女・リリア

誰もエリーのことをかばってくれないメンバーの中で、唯一エリーを気にかけてくれる存在。

魔道士・ユウリ

異世界から「れとるとかれー」など様々なものを召喚できる。魔道士としての能力はあるが、戦闘力は低い。

病弱な聡き王子
ヨーク

女の子のように愛らしい顔をした王子。キレ者だが、体が弱い。

エリーの運命を握る国王
ザンガス

騙されやすく、ヒドラを倒したと話すディアのことを気に入る。

ヒドラ退治の依頼主
エバンス卿

デルタ第三地区の領主。資産家。ディアたちにヒドラ退治を依頼。

エリーの命の恩人
マギ

ディアに剣を向けられ、倒れたエリーを救ってくれた町医者。

竜騎士団副団長
ルイ

眼鏡クール男子。いつも冷静だが、部下のサイとは言い合いに。

強面の主人が営むパン屋さん

街のパン屋プリオール。エリーの作った薬を置いてくれるように。

第一章　はじまり

「おまえ使えねえんだよっ！」

上司に書類を投げつけられて、私はびくりと体をこわばらせた。デスクで仕事をしていた社員たちも一瞬身を震わせた後、また作業を再開する。部屋にはキーボードを叩く音と書類をめくる音が響いていた。私は身をかがめて、震える手で書類を拾い上げた。

求人票には【アットホームな職場です】と書かれていたのに、就職したのはそれとは真逆の場所だった。残業代なし、交通費なし、社会保障費なし、休日なしという現実。薬学部を出て最初に就職した会社を辞め、私が転職したのはとんでもないブラック企業だった。以前の会社は大手だったが、雑用ばかりで研究職を選んだ意味を見いだせなかった。だから心機一転がんばろうと思っていたのに。ここでは、たしかに雑用はない。だが、結果を出さなければならない立場というのが、こんなにつらいなんて思いもしなかった。

上司は血走った目でこちらを見ている。彼もきっと寝ていないのだろう。

「いいか、研究職だからって甘えんなよ。この世の中はな、結果がすべてなんだからなっ！」

私は無言でデスクに戻った。椅子を引いて腰掛け、震える手でパソコンを打ち始める。世間は三連休なのに、この会社の人たちは歯車のごとく働き続けている。この現状について友達にも相談したが、そんな会社は辞めた方がいいと言われた。私のやりたいことはこの会社では叶えられないだろうと。

私だって、こんな会社はもう辞めたい。

でも、辞められない。辞めても次の就職先が見つからないかもしれない。それに、自分が辞めても代わりはいくらでもいると思いたくない。いや、そうじゃない。本当は、自分は必要ないと気づきたくないのだ。

パソコンのモニターに映り込んだ自分の顔はひどいものだ。もう三日もろくに寝ていない。恋人もいないし、友人にも会えない。親にも一年以上会っていない。仕事だけしていて、私は生きていると言えるのだろうか。その時――ものすごい揺れが全身を襲った。

上司が椅子ごとひっくり返って、同僚たちが慌ててデスクの下に潜り込んだ。がたんと音が響いて、はずれた蛍光灯が落下してくる。私はそれをよけようとしてバランスを崩し、床に倒れた。その拍子に頭を強打する。私は倒れたままで、流れ出る血をぼんやりと眺める。

――こんなことなら、前の会社を辞めないで雑用だけやっていればよかった。

気を失う寸前、なにか温かいものがふわりと体を包み込んだ。私の頬を涙がこぼれ落ちる。

誰かの優しい声が、耳もとに響いた。

――あなたの願いはなんですか？

生まれ変わったら、誰かの役に立つ仕事がしたい。誰かのために、私の力を使いたい。薄れていく意識の中で、もはや願っても仕方のないことを考えていた。

目を開いたら、涙がひと筋伝った。なんで泣いてるんだろう、私。私はむくりと起き上がって、自分の目もとをぬぐった。まとっているのは粗末なボロ布で、ところどころ穴が開いている。これは私の唯一の持ち物だ。親に捨てられた際、この布に体がくるまれていたらしい。私は銀色の髪を揺らして起き上がり、紺碧の瞳で辺りを見回した。朝日の差さない森は暗くて、視界がはっきりしない。周囲のパーティーのメンバーたちはまだ眠りについている。魔剣士に聖女に魔道士。みんな私とは違って、高価で暖かそうな寝袋に身を包んでいる。

——みんなが起きる前に、朝食の用意しなくちゃ。

私はボロ布を脱いで、薪《まき》に使う木々を集めるために森の奥へと向かった。

私はかつて、この世界とは別の場所にいた。ここはなにもかもが以前働いていた東京《とうきょう》とは真逆だ。

私が今いるのは、魔法や魔物が存在している不思議な世界。世界のほとんどは未開拓で、森林や自然が広がっていた。それらはグリーンフィールドと呼ばれている。

グリーンフィールドにはモンスターやゴブリン、エルフなど不可思議な生き物が生息していた。ある時、なにもない大地に人間がやって来て開拓を始めた。人々はモンスターを狩って領地を広げ、街や宮廷をつくった。森の中につくられた住居地はデルタ地区と呼ばれていて、人々の生活の場となっている。ばらばらに点在するデルタ地区をつなげて王都を拡大し、さらに人口を増やすのが王族たちの願いだ。最大のデルタ地区の中心には宮廷があって、シノワ宮と呼ばれている。シノワ宮には王族たちが住んでいて、危険とは無縁の暮らしを送っているそうだ。一方私たち庶民は、森の中に住めば魔物に襲われ、街に住めば高い税を取られるという生活を強いられている。そんな中で生まれたのが、異能を持つ集団でつくられた「開拓者パーティー」だ。開拓予定地区に住む凶悪な魔物を倒すのが私たちの役目で、それぞれに役割があった。ちなみに私の役割は、みんなを回復させたり、力を強める能力を持った回復薬師《くすし》。だけど、私は全然頼りにされていなかった。

――子供だから……。

私は自分の姿を見下ろした。腰あたりまである長い銀髪、紺碧の瞳は海のようだ。背丈はたぶん、一二〇センチくらい。年齢はたぶん九歳くらいだ。たぶんっていうのは、孤児だから本当の年齢がわからないのである。

この姿を確認するたびに、自分なのに自分じゃないように思える。私には、別人の記憶がある。そういうのを、以前いた世界では「前世」って呼んでいた気がする。でも前世があったってなんの役にも立たない。私はパーティーではみそっかすで、ただの雑用係なのだ。

みんなが起きる前に、ごはんの用意をしなくちゃ。

私はめぼしい木々を集めながら、森の中を歩いていた。乾燥した木でないと、薪としては使えない。だから古い枝を探す必要があるのだ。古枝を求めてあちこち歩き回っていたら、どちらから来たかわからなくなってしまった。私は焦って辺りを見回す。

どうしよう……。迷子になってしまった。

私は生まれ変わる前から方向音痴で、北に進んでいたつもりが南に行っていたということがままある。別人になってもその欠点が継続しているなんて、困ったものだ。

薪を抱えてうろうろしていたら、頭上から声が降ってきた。

――泉の方に行きなさい。

その言葉に、私はハッと顔を上げた。頭上には抜けるように高い青空だけが広がっている。辺りを見渡してみても、木々が広がっているだけだ。今のって誰の声なのだろうと思いながら、水の気配がする方に向かって歩みを進める。歩いていくと、次第に青碧色《せいへきしょく》に輝く美しい湖が見えてきた。

私は湖の前に立って感嘆し、思わず、持っていた薪をバラバラと落とす。

なんて綺麗なんだろう。

「わあ……」

私は膝をついて、湖を覗き込んだ。手のひらですくってみると、その水が非常に澄んでいるのがわかる。ひと口飲むと、冷たくておいしかった。ふと、湖の向こうになにかがいるのに気づいた。馬のようだけれど、馬ではない。真っ白で、頭から鋭い角が生えている。

あれは――ユニコーンだ。初めて見た……。

私は呆然とユニコーンを見つめる。

青白く光る体と、オパールのごとく虹色に輝く角。銀色の鬣《たてがみ》はほむらのように渦巻いている。素敵だわ……。うっとりとその姿に見とれていると、茂みががさりと音を立てた。私はハッとしてそちらに視線を向けた。そこに立っていたのは、背の高い青年騎士だった。年は二十歳前後だろうか。漆黒の髪と切れ長の瞳は夜のように深い色合いをしている。外套《がいとう》の下の赤と黒を基調にした騎士服は、すらりとした体躯によく似合っていた。腰から下げているのは塗りの鞘《さや》に収まった銀製の剣だ。

まるで彫刻のように美しい人に、私は見とれた。こちらの世界には美形が多いが、これほどまでに綺麗な人は初めて見たかもしれない。ぼんやり見とれていたら、彼がこちらにスッと視線を向けた。私を見据えて、感情の読みにくい瞳がかすかに光を灯す。

私は彼に、声をかけようとした。

おい、エリー！　私の名前を呼ぶ声が聞こえてくる。あれは、パーティーのボス、ディアの声だ。

早く戻らないと。

私は慌てて踵《きびす》を返し、ボスの声を頼りにもとの場所へと戻った。パーティーのテントに戻ると、彼らは思い思いに過ごしていた。木にもたれていた魔剣士、ディアがこちらを見る。

真っ赤な瞳と金髪のディアは、行く先々でよくイケメンと呼ばれている。たしかに見た目はいいと思う。だけど彼は口が悪くて、すぐに私の頭を叩く。彼は私が手ぶらなことを見とがめた。

「おい、薪はどうしたんだよ」

「あ……っ、落としてきちゃった」

「なんで薪取りにいって落とすんだよ。馬鹿かおまえ」

ディアにポカリと殴られて、私は目をうるませた。聖女のリリアが遠慮がちに口を開く。

「ちょっとディア、叩くなんてかわいそうよ。エリーはまだ子供なんだから、やめてあげて……」

ディアが睨《にら》むと、リリアが口をつぐんだ。魔道士のユウリはなにも言わずにタバコを吸っていた。かと思えば、杖を振って大量の〝れとるとかれー〟を出す。ユウリはこうやって、異世界からいろいろなものをかっぱらってくるのだ。私の大好きなメロンパンも出してくれないかな……そう思っていたら、ディアが再び私の頭を小突いてきた。私は頭をさすり、涙目でディアを見上げた。

「痛い……」

「あーもう、まじで使えねえ。おまえ朝飯抜きなっ」

そんな……ただでさえみんなより食事が少ないのに。

訴えるような視線を向けたけれど、リリアもユウリもなにも言ってくれなかった。このパーティーではディアが絶対なのだ。ユウリは〝がすこんろ〟を出して、〝れとるとかれー〟を温めた。私は体育座りでみんなが〝れとるとかれー〟を食べているのを眺めた。カレーのいい匂いをかいで、小さなお腹がくるくると鳴っている。お腹すいたなあ……。昨日からなにも食べていない。私は子供なので、ひとりだけ一日二食なのだ。それも仕方のないことだ。だって私は、役立たずなんだから。

それにしても、湖で見たあの綺麗な人は誰だったんだろう。私なんかとは全然違って、立派な身なりをしていた。

ぼんやりとさっきの人のことを思い出していると、ポカリと頭を叩かれた。私は痛みにうめいて、自分の頭を押さえる。ディアは真っ赤な瞳で私を見下ろし、顎をしゃくった。

「ぼーっとすんな。さっさとポーションを出せ」

私はカバンからポーション――生命力回復のための水薬――を出して、ディアに渡した。

ディアはありがとうも言わずにポーションを引ったくって、一気に飲み干して瓶を地面に投げ捨てる。私は急いでそれを拾い上げた。瓶は再利用するものだし、ポイ捨てしないでっていつも言ってるのに……。ディアはぺろっと唇をなめた。

「よし、化け物退治に行こうぜ」

私たちは森を出て、デルタ第三地区に向かっていた。

どのデルタ地区にも「ギルド」と呼ばれる冒険者のための組合があって、組合が管理する職業紹介所に行けばパーティーや冒険者に仕事を紹介してくれるのだ。仕事の内容は様々で、モンスター退治から用心棒までいろいろある。

テントを張っていた場所から北へ十キロほど行くと、デルタ第三地区の門が見えてきた。前を行くディアとリリア、ユウリの姿はもはや見えない。彼らはみんな自分の馬を持っている。

馬に乗れない私は全員分の荷物を持って、ひーひー言いながら彼らの後を追っていた。

やっとの思いで門にたどり着きそのまま倒れ込むと、門兵が驚いて手を差し出してくる。

「お嬢ちゃん、大丈夫か」

「す、すみません……」

私は門兵の手に掴《つか》まって、ノロノロと身を起こした。門兵は私が担いでいる荷物を見て眉をひそめる。

「これ、ひとりで運んできたのかい？　親御さんは？」

「え、えっと……」

答えに困っていると、馬に乗ったディアが戻ってきた。彼は苛立った様子で馬上からじろっと私を睨みつける。

「おいエリー、もたもたしてねーでさっさとしろよ、グズ」

「君、こんな子供に荷物を持たせてるのか」

門兵は怒りをあらわにしてディアを睨んだ。すると、ディアの緋色《ひいろ》の瞳がすっと鋭くなった。

彼の機嫌が悪くなったのがわかったので、私は慌てて門兵にすがりつく。

「だ、大丈夫です。好きでやってるので」

「本人がこう言ってんじゃねーか」

門兵は納得していない表情で、ディアに身もとがわかるものを見せるように言った。ディアは懐から出した身分証を差し出す。それを見た門兵がハッとした。

「ま、まさか、魔剣士最強パーティーとうたわれる『緋色の風』のディア……!?」

「そうだよ。なんならここでその実力を見せてやってもいいんだけどな」

ディアが剣を引き抜くと、その刀身が青白く光った。魔剣は魔力がないと扱えないもので、魔力が強ければ強いほど光り輝く。ディアの剣の輝きは、まるで稲妻のようだった。普通の人間だったら、触れた瞬間命を落とすだろう。門兵は硬い表情で身分証を返して、「失礼しました」と言った。

「それだけか？」

「え……」

「誠意を見せる時は、土下座するもんなんだよ。ほら、やってみろ」

ディアに加虐的な眼差《まなざ》しを向けられて、門兵は顔をこわばらせた。彼は私のことを心配してくれたいい人なのに、そんなことさせられない。私は、慌ててディアの足にすがりついた。

「ねえ、もう行こうよ。いい依頼がなくなっちゃうかもしれないよ」

「おまえは黙ってろよっ」

ディアに払いのけられて、よろめいた私は尻もちをついた。

「わかった！　土下座するから、その子にひどいことはするな」

門兵はそう言って膝をついた。土下座した門兵を見て、ディアは満足げに笑っている。どうしてこんなことするんだろう。私たちは、市民のために力を尽くす冒険者のはずなのに。ディアは馬の手綱を取って、さっさと進んでいく。私は荷物を持ち直し、門兵に小声で「ごめんなさい」と言った。門兵はあきらめ顔で微笑んで、早く行くように告げた。私に力があれば、こんな時ディアを止めることができるのに。どうして私はただの子供なんだろう。私がギルドにたどり着いた時には、ディアたちはすでにモンスター退治の依頼をゲットしていた。ぜいはあと息を吐く私に、ディアがモンスターカードを突きつけてくる。

「おい、これ知ってるか」

私は額の汗をぬぐってカードを受け取った。モンスターカードには、確認されているモンスターの情報が記載されている。名前が「ヒドラ」とわかっているくらいで、大きさや戦闘力、弱点や生態の項目もすべてが空白だ。つまり、誰もこのモンスターを倒したことがないってことだろう。かぶりを振ると、ディアが舌打ちした。

「ちっ、使えねえな」

「ごめんなさい……」

「とにかく、依頼主に会いにいこう。引き受けるかどうかは、それから決めればいい」

タバコを吸っていたユウリがそう言うと、リリアもそれに同意し連れ立って紹介所の出口へと向かう。私が彼らについていこうとしたら、ディアが厳しい声で「おまえは来るな」と言った。

「え、でも――」

「ガキがいると依頼人に敬遠されるんだよ。荷物番してろ」

ディアたちはさっさと行ってしまい、私は荷物と共に紹介所に取り残された。困っていると、近くにいた男に声をかけられた。

「お嬢ちゃん、置いてかれたのかい」

こくりとうなずくと、男が相好を崩した。

「そうかいそうかい。じゃ、おじさんがなにかおごってあげるよ」

知らない人についていってはいけないというのは、この世界だけではなく前世でも常識だった。それに、勝手に動いたらきっとディアに叱られるだろう。迷っていたら、くるくると私のお腹が鳴った。赤くなっていると、おじさんがますます笑顔になる。

「お腹がすいたんだろう？　なにが食べたいんだい」

「メロンパン……」

私はおじさんと共にパン屋へ向かった。ショーウインドウの向こうには、焼きたてらしいパンが並んでいるのが見える。その中には、大好物のメロンパンもあった。私が目を輝かせると、おじさんがコインを差し出してきた。

「これで買っておいで。荷物はおじさんが見ていてあげよう」

「この荷物、大事なものなんです」

「ああ、わかってるよ。ちゃんと目を離さずにおくからね」

その時、パン屋のドアが開いて店員のお姉さんが顔を出した。彼女は表に「焼きたてメロンパンあります」と書いた看板を置く。開いたドアからは、メロンパンのいい匂いが漂ってきた……。

ああもう駄目だ、我慢できない。

私はおじさんに荷物を預けて店の中に入った。入店すると、甘いパンの匂いが全身を包んだ。レジのすぐ横に陳列されている焼きたてメロンパンに駆け寄る。ふっくらこんがりとした生地にまぶした砂糖がきらきら輝いていた。私はドキドキしながらメロンパンをトレーにのせる。そうだ、おじさんの分も買おう。メロンパン二個をレジに持っていくと、お姉さんが笑顔を向けてきた。

「いらっしゃいませ」

私はウキウキした気分で、包装されたパンを持ってお店の外に出た。しかし、おじさんの姿がない。ついでに、荷物もなくなっていた。あれ……どこに行ったんだろう？

私は通行人に、ここにいた男性を知らないかと尋ねた。けれど通行人は知らないと答えて歩いていく。

もしかして、トイレに行ってるとか？

でも店にいたのはたった数分だ。待ちきれないという時間ではない。その時、最悪なことが頭に浮かんだ。

……まさか、荷物を取られた？

私はさあっと青くなって、慌ててその場から駆け出した。紹介所を覗いてみるが、おじさんらしき人はいない。受付に座っていた係員にも聞いてみたが、忙しいのかめんどくさそうにあしらわれた。第三地区の案内所にも行ってみたが、中年の男性という情報だけでは捜しようがないと言う。

それからめぼしいところは全部あたってみたが、おじさんの姿はなかった。

もうとっくにこの街を出たのだろうか？　どうしよう、どうしよう……ディアに怒られる。下手をしたら、クビにされてしまうだろう。そしたら私は、野垂れ死ぬしかない。

私は半泣きで歩き回った。

歩き疲れてへとへとになった私は、噴水の前でしゃがみ込んだ。そのまま動けずにいたら、じわっと涙が滲《にじ》んできた。

泣いちゃ駄目だ。泣いたって、誰かがどうにかしてくれるわけではない。この世界では、子供だって自分のことは自分でなんとかするのだ。

私は自分の荷物を探って、ポーションの瓶を取り出した。

これは「サーチ能力」を高めるポーションだ。私は液体を飲み干し、しばし目を閉じた。視界を塞ぐのは、感覚を鋭敏にするためだ。途端にふわっと体が温かくなり、足が軽くなる。

——こっちに行ってみよう。

私は目を閉じたままで、足の向く方に歩き始めた。しかしほどなくしてぴたりと足が止まる。

私はまぶたを開いて、目の前にあるものを見上げた。

「……お花屋さん？」

なんで花屋に着いたのだろう。単なる調合ミス？　やっぱり私なんかの作ったポーションは、使い物にならないのだろうか。

ふと、並べられた花の中にピンクのガーベラが売られているのに気づいた。

わあ、綺麗……。

欲しいけれど、お金がない。ガキに金なんて必要ないと言って、ディアは私にお小遣いをくれないのだ。物欲しげに花を見つめていたら、ふっと影が落ちた。

「——ピンクガーベラをひとつ」

見上げると、美しい騎士が立っていた。女性店員はぼーっと騎士に見とれていたが、催促されると慌ててガーベラを包んで彼に渡した。

——あっ、この人……さっき森で会った人だ。

私がまじまじと見ていると、その漆黒の瞳がこちらを向いた。その目を見ていたら、ピンとひらめいた。もしかして、この人に助けてもらえってことなのかもしれない。私が口を開こうとした瞬間、彼はふいと視線をそらし、ガーベラを手に去っていく。

「あ、待って！」

私は慌てて騎士を追いかけた。騎士はものすごく足が早くて、どんどん離れていってしまう。

私の短い足では追いつけない。その時、石畳のへりに靴先が引っかかった。私はつんのめって、びたん、と音を立てて転んでしまう。みんなさっさと歩いていくだけで、ぶざまに転んだ私を助けてくれる人はいない。恥ずかしくて真っ赤になっていると、靴音が近づいてきて、目の前に手が差し出された。顔を上げると、騎士がこちらを見下ろしていた。

「あ、ありが、とう……」

私はおそるおそる騎士の手を取った。彼は私の手を掴んで引き起こし、汚れたスカートを払ってくれた。私の膝に血が滲んでいることに気づいた騎士は、ひょいっと私を抱き上げる。

「わ、わあっ」

彼は慌てる私をよそに、スタスタと歩いていく。

ど、どこに行くの？

私を抱えた騎士が向かったのは、街のはずれにある教会だった。彼は礼拝堂の椅子に私を座らせて、『ここで待っているように』と告げた。

私は礼拝堂の椅子に腰掛け、辺りを見回す。祭壇の前には十字架が掲げられ、頭上では日の光を透かしたステンドグラスが美しく輝いていた。

騎士がなかなか帰ってこないので不安になっていると、彼が救急箱を片手に戻ってきた。そして私の前に膝をついて、手当をし始めた。彼の指先はすごく長くて、湿布を扱う手つきすら優美だ。綺麗なつむじと、伏せられた長いまつげが見えている。

なにもかも作り物みたいだわ……。

手当を終えた騎士は、立ち上がってその場を去ろうとした。引き止めたくて、私はとっさに彼の袖を掴んだ。こちらに向いた黒い瞳は、黒曜石のように輝いている。綺麗だけれど近寄り難くもあった。その硬質な美しさは、どこかこの世のものではないような印象を受ける。

「名前……なんておっしゃるんですか？」

「リュウリだ」

「あ、あの……リュウリさん。私、エリーっていいます。泥棒に荷物を盗られてしまって。取り返すのを、手伝ってくれませんか？」

「どうして俺がそんなことしなくちゃならない」

その美声は、突き放すように冷たさをはらんでいた。先ほど感じた近寄り難さは気のせいではなかったようだ。だけどひるんではいられない。私にはこの人の力が必要なのだ。

「き、騎士は人を助けるのがお仕事でしょう？」

「すでに助けたつもりだが。悪いが俺にもやらなければならないことがある」

彼はそう言って立ち去ろうとする。

この人に見捨てられたら、もうどうしていいかわからない。

「た、助けてくれたらお礼をします。これっ、すごくおいしそうなメロンパンです！」

私は袋からメロンパンを出して、リュウリに差し出した。しかし、メロンパンはつぶれてひしゃげていた。

せっかく買ったのに……！

泣きそうになっていると、リュウリがすっと手を出し、メロンパンを受け取った。彼はメロンパンをひと口食べて、ふっと目もとを緩めた。

少しだけ、騎士のまとっている雰囲気がやわらかくなった。

騎士様もメロンパン好きなのかな。おいしいもんね。

リュウリは私の隣に腰掛けて尋ねた。

「そもそも、なんで荷物を取られたんだ」

「……偶然会ったおじさんに、好きなものをおごってあげるって言われて」

思えばあの出会いは偶然ではなかったのだ。あの人はきっと、騙すためのカモを探していたのだろう。リュウリは淡々とした口調で言った。

「この周辺は、開拓者や開拓者相手の商売人ばかりなんだ。生き馬の目を抜く世界。騙された方が悪いな」

そんな……。

リュウリがすっと立ち上がったので、私はうつむいた。

——せっかく味方を見つけたと思ったのに、行ってしまうんだ。

しかし、彼は出ていくのではなく私に手を差し出してきた。見上げると、「メロンパンぶんの仕事はする」という言葉が返ってきた。私はうれしさに顔をほころばせ、リュウリの手を取った。

教会を出たリュウリは、懐から犬笛のようなものを取り出した。

「なんですか？　それ」

リュウリは私の問いには答えず、笛を口にくわえて思いきり鳴らした。ぴゅっと鋭い音が空気を響かせる。ふっと頭上に影が落ちたので視線を上げると、翼をばさりとはためかせて竜が着地した。リュウリの二倍ほどの大きさで、瞳には爬虫類《はちゅうるい》に特有の細い瞳孔が見える。額には刀傷のようなものが見えた。黒々とした鱗《うろこ》に覆われた巨体に思わず感嘆する。

「わあっ、竜……！」

つまり、リュウリは王都に起点を置く竜騎士ということだ。竜騎士は、この国において最高位の騎士であり、特別な訓練を受ける必要がある。ならず者が多い冒険者とは一線を画している。竜騎士はその称号を得るために野生の竜を手懐けて自分のものにするのだが、失敗すると命を落とすこともある。つまり、竜騎士には実力者しかいないのだ。

私は尊敬の念を込めてリュウリを見上げた。彼はかすかに目もとを緩め、私を抱き上げて竜

書いてみよう!

わたくしが、わけあって絶滅するなら…

絶《ぜつ》滅《めつ》さん

テレビで話題!

わけあって絶滅しました。

監修 今泉忠明
著 丸山貴史 ダイヤモンド社

#わけあって絶滅しました

わけあって絶滅しました…

アゴが重《おも》すぎて絶《ぜつ》滅《めつ》

ワイは大きすぎるアゴが重くて、
子孫を残せず
絶滅してしまったんや……

あ〜、地球ってせちがらい

プラティベロドンさん

の背に乗せた。リュウリは手綱を引いて、竜の背をなでる。

「飛べ、リード」

どうやらこの竜はリードという名前らしい。私はリュウリを真似て、リードの背をなでた。――よろしくね、リード。

リードはばさりと翼をはためかせ、その場から飛び立った。吹きつける風が髪をなぶっていく。視線を下げると、教会の屋根が眼下に見えていた。すごい――これならどこになにがあるか一目瞭然だ。

私は竜の背で必死に泥棒を捜していた。リュウリはまず門兵のところへ向かい、中年男性が出ていかなかったかと尋ねた。門兵はかぶりを振って、なぜ竜騎士と一緒にいるのだという顔で私を見た。私が事情を説明すると、門兵はおおいに同情してくれた。

「出ていった者の中に、大量の荷物を持ったものはいなかったと思います」

「そうか。ありがとう。もしそういう男を見かけたら、とめておいてくれ」

門兵は敬礼をしてリュウリを見送った。その瞳には畏敬の念がこめられていた。竜騎士はその飛行能力を活用し、グリーンフィールドの開拓を進めることに貢献している。だから、デルタ地区のみんなに尊敬されているのだ。

リュウリは私を竜に乗せて、街中を飛び回った。目を皿のようにして眼下を見ていると、ギルド地区の一角に、怪しい男を発見した。荷物を抱え、街を囲う壁を乗り越えようとしているのだ。

「——あっ、いました！」

リュウリが手綱を引くと、竜がばさりと翼を動かしそちらへ近づいていった。私はリュウリにしがみついてその急降下に耐える。大きな荷物を担いだおじさんが、こちらを見上げて悲鳴をあげた。次の瞬間、竜に蹴飛ばされたおじさんは呆気なく地面に転がった。竜は地面に着地し、唸《うな》りながら近づいていった。おじさんは荷物を放り投げ、地面を這《は》いながら逃げていく。

「っ、ひいぃ！　助けてくれぇ！」

私は竜から飛び降りて、荷物を回収した。リュウリもひらりと竜から降り立ち、鞘から抜いた剣を突きつけた。その剣の輝きに、私は目を見開いた。ディアの剣の輝きが月光だとしたら、それは炎のような赤い光。世にも珍しい赤く発光する刃《やいば》を突きつけられて、おじさんは両手を上げて震えている。

「た、助けて、くれ」

「なぜあの子から荷物を取った」

「子供なんかに荷物を預けるからだよっ！　この世界じゃ、奪われる方が悪いんだっ！」

リュウリは目つきを鋭くし、剣先をおじさんの胸に向ける。

まさか、殺す気なのか。

私は慌ててリュウリにしがみつく。

「駄目ですっ、殺したら」

「こういう人間は、放っておいたら何度も同じことをする」

「でも、メロンパンをおごってくれました！」

リュウリはちらっと私を見た。私は訴えかけるように彼を見上げる。この世界では、殺生はさほど珍しいことではない。でも現代人の私からすれば、荷物を盗んだくらいで殺すなんて信じられないし、やめてほしい。リュウリは剣をすっと下ろして、「行け」と顎をしゃくった。

おじさんは慌てて立ち上がり、転びそうになりながら走り去っていった。リュウリは剣を鞘に戻し、淡々とした口調で言った。

「――ギルドに戻ろう」

さっきまで怒りにたぎっていた瞳は平静に戻っていた。


リュウリと私を乗せた竜が、ギルドの前にばさりと降り立つ。リュウリは地面に着地し、私を抱き上げて降ろした。私はカバンの紐を握りしめて、おずおずとリュウリを見上げる。なんだか、不思議な人。私を助けてくれたんだから、悪い人ではないのだろう。だけど、どこか冷たい感じがする。私はリュウリの背中に声をかける。

「あの、リュウリさんが言っていた『やらなければならないこと』ってなんですか？」

「君には関係ない」

「でも……助けてもらったし、恩返しがしたいです」

リュウリはこちらを振り向いて、醒《さ》めた口調で尋ねてきた。

「君になにができるというんだ？」

リュウリから見たら、私はただの子供にしか見えないだろう。だけど……。私は、カバンから出したポーションを取り出した。それをリュウリに差し出す。

「これ、私が作った回復用ポーションです。体力も魔力も戻るので、いざって時に使ってください」

リュウリは黙って私を見ている。いらないって言われるかな……。不安に思っていたら、彼の手のひらがふわっと頭を覆った。切れ長の目がこちらを見下ろしていた。

「この世は善人ばかりではない。簡単に他人を信じるな」

リュウリはそう言って、再び竜にまたがって手綱を引いた。リュウリに操られて優雅に飛び立っていく竜を、私はじっと見ていた。

あのおじさんは悪い人だったけど、いい人もいるはずだ。リュウリだって、とてもいい人だった。

リュウリはああ言っていたけれど、私は人を信じたいな。

荷物を担いで紹介所へ向かうと、ディアたちが戻ってきていた。私が駆け寄ると、ディアが疎ましげな声を出した。

「おせーよ。なにしてたんだ？　おまえ」

「え、あの……ちょっと」

私はおずおずと荷物を差し出した。ディアは舌打ちし、私から荷物を引ったくった。その時ふと、ディアのかたわらに見知らぬ人物が立っているのに気づいた。リリアとユウリは相変わらず知らんぷりをしている。

――この女の人は……誰？

その女性はものすごい美人で、豊満な体に黒いドレスをまとっていた。私の視線に気づいたのだろう。ディアが口もとを緩めた。

「ああ、もうおまえ、いらねえから」

「えっ？」

「この女、ユラっていって新しい薬師。さっき知り合ってさ、仲間に入れることにしたんだ」

「そ、そんな、私、困る」

いきなりそんなこと言われても、お金もないし、ツテもないのに。ディアが「じゃあな」と言い私の肩を叩いて歩きだしたので、慌てて彼にしがみついた。

「ま、待って！」

ディアは剣を抜いて、私に突きつけた。私はビクッとして、その場に立ち尽くし硬直する。青白く光る刃の威力を、目の前で何度も見てきた。彼は刃を突きつけたまま、加虐的な眼差しで私を見た。

「おまえみたいな役立たずを、今まで連れて歩いてやっただけでも感謝してほしいんだけどな」

「私だって、ちょっとは役に立ったよ。ポーション作ったり、雑用したり、したもん……」

その言葉には力がなかった。本当はわかっていた。私にはパーティーメンバーとしての価値がないんだって。だから必死にディアの要求に答えてきたのだ。

「うぜえ……」

ディアの殺気を読み取ったリリアがハッとした。彼女がとっさに、私の方に手を伸ばす。

「伏せて、エリー！」

ディアが剣を振った直後、私の体が呆気なく吹き飛ばされた。そのまま壁に激突し、ずるずると床に落ちる。そんな私を見て、リリアが悲鳴をあげて顔を覆う。周りにいた人々も、ざわめきながら顔を見合わせていた。

「エリー！」

真っ青になったリリアが私に駆け寄ろうとするも、ディアがそれを阻んだ。

「おい、行ったらおまえも首にするぞ」

リリアはビクッとして立ち止まった。彼女は悲しげな顔でこちらを見て、さっと背を向けた。

ディアは私のカバンを拾い上げて中を見ると、ポーションだけ奪った。ユラはどこか馬鹿にしたような顔でこっちを見ている。ユウリに至っては、私のことを振り返りもせず歩いていった。

行かないで。

手を伸ばしたくても、全身が痛くて動かない。額から血が滴った感覚があった。骨が折れたのか、指先には感覚がなかった。

死んだのか？　いや、生きてたら奇跡だろ……。

ざわざわと話す声、靴音――。医者が来たぞ、という声が聞こえた。人混みをかき分けて、誰かがこっちに来るのがわかった。

「おい大丈夫か、嬢ちゃん」

誰かが私の体を揺さぶっている。それが誰かもわからず、私は意識を失った。

『エリーは私の子なの、返して！』

誰かが叫んでいる。これは、誰の声だろう。ぼんやりして見えないけれど、若い女の人が泣いている。

あの人、誰だろう……。もしかして、私のお母さん？

その姿はだんだん意識の外に消えていく。私はうとうとしながら目を開いた。目に入ったのは、板張りの低い天井だ。私はぼんやりと天井を見上げて、自分の腕に視線を向ける。私の右腕には管がつながれていて、その先には点滴があった。

ここって、病院……？

部屋の狭さから見て、どうやら個室らしい。はっきりしない意識で部屋を眺めていたら、ガチャリとドアが開いた。顔を出したのは、見知らぬ男性だった。年齢は五十代くらいだろうか。痩せた体に使い込んだ白衣をまとっている。

「起きたか」

あなたは誰？　そう聞こうとしたが声が出なかった。男性は室内に入ってきて名乗った。

「わしはマギ。しがない町医者だ」

お医者さん……ここまで運んでくれたんだ。お礼を言わなきゃ。私が起きようとしたら、マギがそれを制した。

「安静にしていなさい。魔剣士に吹き飛ばされたんだ……子供に剣を向けるなど、あの男は鬼畜だな。あれほどの威力だ。死んでもおかしくなかった」

死んでもかまわないほどに、ディアは私のことがどうでもよかったのだ。その事実に、私は泣きそうになった。

私を診察したマギは、打撲や出血はあったが、幸い大きな怪我はないようだと言った。とはいえ、起きられるようになるまでは二日かかった。

カバンの中身を見てみたが、ポーションは全部ディアに取られてしまったようだった。

私、ほんとに捨てられたんだな。

ぼんやりベッドに座っていたら、マギが入室してきた。

「なにか食べたいものはないかね」

メロンパン。たった五文字の言葉が、口から出なかった。にかわではりついたみたいに、唇が動かないのだ。私の様子を見たマギが、悲しげな顔をした。

「ショックで話せないのか……かわいそうに」

そうなのかな。私、ディアに捨てられて、自分で思っている以上にダメージを受けてるのかも。

私はマギがくれたスケッチブックに、メロンパンの絵を描いた。

マギは私の頭をなでて、静かに部屋を出ていった。

戻ってきたマギの手には袋があった。あのパン屋の袋だ。それを見ていたら、リュウリのことを思い出した。

リュウリさん、今どうしてるかな。『やらなければならないこと』って言ってたけど、うまくいっただろうか。

マギはメロンパンを食べる私に、親はいないのかとか、里はどこかとか尋ねた。私は孤児であること、帰る場所はないということを筆談した。ディアに拾われて、また捨てられたということも。マギは途中、無言で部屋を出ていった。どうしたのかと思っていたら、戻ってきた彼の目は真っ赤に染まっていた。それを見て、私はハッとした。私のために泣いてくれる大人に初めて出会った。彼は私の手をぎゅっと握りしめた。

「回復するまでここにいればいい」

ありがとう、と言いたかったが口が動かない。代わりに私はマギの手を強く握りしめた。


寝てばかりだと体がなまるので、時々ベッドの周りを伝い歩きすることにした。普通に出歩けるようになると、私はマビノギ病院を手伝うことにした。一応元薬剤師だし、カルテを読むのは得意だ。しかし、受付に座っている私を見て、おばあちゃんが笑顔で話しかけてきた。

「あらまあ、小さいのに偉いねえ」

マギも患者さんもいい人ばかりなので、病院の仕事を手伝っていると気が紛れた。だけど、話せないっていうのはネックだった。病院の事務は連絡事項が多いので、どうしてももたついてしまうのだ。今のところなんとかなっているけれど、急患が来たらと思うと少し不安だった。なぜ話せなくなったのかは、医学的には説明できないとマギは言った。なんでも、精神的なものが影響しているのだそうだ。

今までどんなにつらいことがあったって、話せないことなんてなかったのに。

ポーションを作って飲めば、話せるようになるかもしれない。私は筆談で、鍋と材料がないかと尋ねた。鍋はあったが、私の欲しい薬草はなかった。がっかりする私を見たマギは、明日市場に連れていくと約束してくれた。

翌日、私はマギと一緒に市場に向かった。マギはキョロキョロする私がはぐれないように手を引き、薬草店に連れていった。私はマギに手伝ってもらい、薬草を揃えた。

病院に戻った私は、厨房で回復ポーションを作った。だけど、ポーションを飲んでも声は戻らなかった。やっぱり、精神的なものなのだろう。

たまに、マギが悲しげな顔でこちらを見ていることがあった。私を見ていると、娘を思い出すんだと彼は言った。

ここにいるととても心地よい。みんな優しいし、穏やかな気分でいられる。でもいつまでもマギに甘えているわけにはいかない。私は本当は九歳じゃないんだから。

この世界をひとりで生きるために、強くならなきゃいけない——私はそう決意した。

そしてあれこれと考えるうち、まだ試していない薬草があったことに気づいた。

——森に出て、マコモダケを取ってこよう。

◇　◇　◇

オレたちのパーティーは、ヒドラを退治するために洞窟に向かっていた。パーティーのメンツは魔剣士のオレと魔道士のユウリ、それから聖女のリリア、もうひとりはエリーの代わりに入った薬師のユラだ。

ユラとはギルドで出会った。彼女は自然消滅したパーティーのメンバーらしく、あちらから参入を打診してきたのだ。

実力はどうか知らないが、スタイルもいいし美人だったので入れることにした。

オレには、どんな化け物が出ようと倒す自信があった。ただし、懸念がひとつある。ヒドラのMP――マジックポイント――が非公開だったことが気になる。おそらくだが、ヒドラのMPを見た回復薬師はみんな死んだということなのだろう。薬師となる者には生まれつきMPやHP――ヒットポイント――を見る能力が備わっている。人間もモンスターも力の上限が存在していて、それがゼロになれば負けるか死ぬかだ。

人間のMPはたかが知れている。だから薬師が補うのだ。薬師というのはかなり重要な役だ。しかし、エリーのような子供がパーティーにいては格好がつかない。首にしたことは後悔していない。ただ、剣を振るったのはちょっとやりすぎたかもしれないと思う。

「おい、いつまでめそめそしてんだ?」

オレはうしろを歩くリリアに声をかけた。返事をしない彼女に舌打ちする。美人だから許すが、いつまでもこの調子では士気が下がってしまう。

デルタ地区を出てから、リリアはずっと暗い顔をしていた。どうやらエリーのことが気にかかっているようだった。そんなに心配なら付き添えばよかったのに、そうしなかったのは利害を考えてのことだろう。

子連れなんて、この世界では死亡フラグだ。改めて、エリーを置いてきて正解だったと思う。慈悲の象徴である聖女ですらあの子供を連れ回すのを躊躇《ちゅうちょ》するのに、なぜオレが面倒を見なければならないのだ？

「ねえ、あのエリーって子、本当に薬師なの？　ただの子供に見えたわよ」

ユラがそう尋ねてきた。

「ああ、ぜんっぜん使えなかったけどな」

これは嘘だ。エリーの作るポーションはそのへんの薬師よりずっと上等な品だった。最初はそれなりに重宝していたが、今やオレもかなりレベルが上がっている。もう冒険者の中にオレ以上の剣士はいないだろう。はっきり言えば、もうエリーは用なしなのだ。子供にレベルを上げてもらったなんて知られたら恥だし。

オレたちにヒドラ退治を依頼してきたのは、デルタ第三地区の領主をしている貴族だった。紹介所で聞いて、依頼主のもとを訪れた時のことだ。

エバンスと名乗った男は不機嫌をあらわにしていて、にこりともせずにオレたちを出迎えた。花粉症でも患っているのか、ずっと白に金の縁取りをしたハンカチを口もとにあてている。そのわりに、部屋のあちこちには百合が飾られていて匂いが充満していた。オレがその匂いにうんざりしていると、エバンスがハンカチを下ろして口を開いた。

『このミッションを完遂できたパーティーは、ひとつとしてない。君たちがミッションをやり遂げられない場合、いっさいの報酬は支払わないのでそのつもりでいたまえ』

なるほどな、とオレは思った。この男はパーティーってものを信用していないのだ。どうせダメでもともとという気持ちで依頼しているのだろう。

ちなみに、この依頼主からの仕事は特上S級だ――デルタ地区に来たオレたちは、まずギルドに向かい、めぼしい仕事がないかを調べた。仕事にはB級、A級、S級、特上S級があり、特上S級は滅多になく、危険度が高いが報酬もかなりのものだ。

エバンスは指を組んでため息を漏らした。

『ヒドラは我が領地を侵略していてね。あれがいるせいで、狩りに行けないのだ』

依頼の報酬は五千万コインだった。これはとんでもない額だ。平均的なモンスター退治の金額はおよそ五百万コイン。提示されたのは平均の約十倍ということになる。どんなに危険でもやらない手はなかった。


ヒドラの巣はデルタ第三地区と森の境界にあった。うっそうとした森の中に赤茶けた洞窟が口を開けていて、いかにもなにかが出てきそうな雰囲気を醸し出している。オレが先頭に立って洞窟を進んでいくと、小山が見えてきた。いや、山ではない。あれは――ヒドラ本体だ。長い首の先に頭が三つあって、鋭い牙が生えている。

オレはヒドラを見上げて絶句した。同じく、ほかのメンバーも固まっていた。ただひとり、余裕のユラは懐からマジックグラスを取り出して装着した。魔法具のひとつで、ＭＰやＨＰを見やすくするものだ。

「ヒドラの戦闘力は、十三万五千よ」

オレはぎょっとした顔でユラを見る。それはすさまじい数字だ。一番戦闘力が大きいオレですら五万なのだ。魔道士と聖女を合わせても七万いくかいかないか。たとえるならば、蟻が象に挑むみたいなものだ。オレたちの戦力でヒドラを倒すのは無理だ。オレが後ずさると、足もとの石がころころと転がっていった。

その音を聞きつけたのか、ヒドラがかっと目を開く。ヒドラは翼をはためかせ、火を吹いてオレを威嚇した。オレは炎をよけながら、ヒドラの足を切りつけた。しかし、ヒドラの足は硬くて傷ひとつつかなかった。オレが無駄な攻撃をしている間にも、ＭＰがどんどん下がっているのがわかる。オレは岩陰に隠れて叫んだ。

「おいユラァ！　俺を回復させろ！」

ユラは懐から出した回復薬をこちらに投げた。受け取って飲むと、かすかに体力が回復したのがわかった。

こんな程度かよ！　エリーの作るポーションは、目に見えて効果があったのに。

内心歯噛みしながら、オレは再びヒドラに挑む。

ヒドラが暴れて火を吹きまくったせいで、魔道士のユウリが火に巻かれて倒れた。聖女のリアはユウリを取り巻いた火を消そうとやっきになっている。

なにやってんだあいつら……！　これじゃ駄目だ。

こんなしょぼいパーティーじゃ負ける。いっそ自分だけ逃げようかと思ったその時、ヒドラがオレの剣をくわえて奪い取った。

嘘だろ……っ。

オレは目を見開いて、襲いかかってくるヒドラの牙に顔を引きつらせた。その時、予想だにしないことが起きた。

頭上を、なにかがぶわっと横切ったのだ。オレは視線を上げてハッとする。

洞窟の入り口から、竜に乗った男が飛来したのだった。外套を頭からかぶっているので、顔はよく見えない。男は腰に下げた剣を引き抜いて、ヒドラの首を斬り落とす。ヒドラは不快な鳴き声をあげながらのたうち回った。ユラはマジックグラスを装着し、男を見た。

「すごい……十万五千。こんなＭＰ、人間で存在するの？」

ユラは男を見ながら頬を紅潮させている。その様子を見て、オレは舌打ちした。オレは男に指を突きつけて叫んだ。

「おいおまえ！　引っ込んでろよ。これは俺が依頼された仕事だ。俺がやる！」

しかし、男はオレを無視し、竜を操って飛び回りながら、ヒドラのもうひとつの首を斬った。

オレは呆然とその光景を見ていた。

なんなんだあいつ。ああも簡単にヒドラの首を狩るなんて。

「ヒドラのＭＰはもはや三万を切ってるわ。あの首を斬れば勝てる！」

ユラは興奮ぎみに叫んでいる。まずい。このままではあいつの手柄になってしまう。なにか手がないか――そう思い懐を探ると、硬い感触がした。

そうだ、これがあった。いざという時の緊急策。

オレは、懐から出した手榴弾《しゅりゅうだん》をヒドラに投げつけた。するとそれを受けたヒドラが耳障りな悲鳴をあげる。ヒドラが思いがけず首を振ったせいで、運悪く竜にあたった。竜から転がり落ちた男が、地面に体を叩きつけられる。さすがに身動きが取れなくなった男の腕を、ヒドラが強く噛んだ。男はうめきながらもなんとか腕を動かし、ヒドラの頭に剣を突き刺した。ヒドラが断末魔の鳴き声をあげて、そのまま動かなくなった。

「ヒドラの体力、魔力共にゼロよ。あ、消えた」

ユラがそう解説する。つまりヒドラは死んだのだ。オレは信じられない思いで男を見た。あいつ、ひとりでヒドラを倒した……。四人がかりでも敵わなかったのに。しかも、ＭＰでヒドラに劣っているにもかかわらず。男は苦しげに息を吐きながら、剣を手放した。カランと音を立てて剣が地面に落ちる。

毒が効き始めたのか、男の体が痙攣《けいれん》している。竜が悲しげな声をあげて、男にすり寄っていた。慌てて男に駆け寄ろうとするリリアをとどめて、オレはヒドラの頭をひとつ掴む。

大きな袋に入れて担ぎ、パーティーのメンバーに声をかける。

「おい、行くぞ」

「だって、治療しなくちゃ死んでしまうわ」

「知るかよそんなもん。来ないと置いてくぞ」

その言葉に、リリアが目を見開いた。

優しい聖女には理解不能だろうが、オレにとっては彼が死んでくれた方が好都合なのだ。あいつが何者かは知らないが、英雄は自分ひとりでいい。

リリアはしばらく眉を寄せていたが、あきらめたような顔で傷ついたユウリを担いだ。ユラはじっと男を見た後、さっと踵を返す。暗い洞窟には、死にかけの男と竜だけが残された。

男は震えながら、懐に入れられていたポーションを手にすると、男はそれを飲み干して、力なく倒れた。

◇　◇　◇

朝もやが森に漂っている。早朝の森の空気は澄んでいた。私はかごを腕にかけ、薬草をつんでいた。

マコモダケないかなあ……。

キョロキョロとマコモダケを探していた私は、かすかな声に足を止めた。これって……なんの声だろう。モンスターだったらどうしようと思いつつ、おそるおそる声のする方に近づいていく。私は、樹陰に見えた竜の姿を見て足を止めた。竜の額の傷には見覚えがあった。

あの子……もしかしてリュウリの？

——リード、なの？

竜は切なげに鳴きながら、訴えるような瞳でこちらを見ていた。私にはモンスターの言葉はわからない。だけど、助けてくれと言っているように思えた。

竜の背には、外套をかぶった男性が乗っていた。意識がないようで、青ざめてぐったりしている。

私は急いで彼に駆け寄った。外套のフードを退けると、その顔があらわになった。私は思わず息をのむ。

——リュウリさん……。

リュウリの顔は真っ白だった。彼の腕はひどく負傷して変色していた。唇の青さから見て、おそらくなにかの毒にやられたのだろう。脈を測ってみると、非常に弱い。

どうしよう。

私がおろおろしていたら、竜が身をかがめた。乗れってことだろうか？

私は竜の背に手をついて乗った。ぽんぽんと背中を叩くと、ふわっと翼を広げて飛び立つ。

リードは私とリュウリを乗せて、マビノギ病院へ向かった。

上空から病院が見えたので、庭の花に水をやるマギに手を振った。マギはこちらを見上げてぎょっとする。私が地上に降り立つと、マギがじょうろを放って駆け寄ってきた。

「エリー!?　いったいなにが……」

急いで病院から出てきたマギは、竜の背に乗っているリュウリを見てハッとした。

「リュウリ……」

マギさん、リュウリのこと知ってるのかな。

マギは助手の青年を呼んできて、リュウリを担架にのせて運んだ。私はその後をついていく。

マギはリュウリを処置台にのせて、その腕の傷を見て息をのむ。

「これは……」

「赤紫の変色……。先生、これはモンスターの毒ですね」

助手の青年、ラウルがつぶやく。

「ああ。組織片を取るから、すぐに検査に回してくれ。エリー、回復ポーションを用意してくれるか」

私は必死にうなずいて、ストックしてある回復ポーションを取りにいった。処置室に戻って、気を失っているリュウリに飲ませる。マジックグラスで体力と魔力を確認してみると、魔力は回復したものの体力はどんどん下がっていっていた。

しばらくすると、検査室からラウルが戻ってきて、毒の成分を知らせた。

「これはヒドラの毒です。おそらく噛まれたんでしょう……一滴でネズミを死に至らしめるほどの毒で、摂取量は成人男性の致死量を大幅に超えてます」

「このままでは毒が全身に回って死ぬ。こうなったら切断するしかない」

マギの言葉に、私はぎょっとした。必死に彼の袖を掴んでかぶりを振る。マギは苦い顔で、「わしだってそんなことしたくはないんだ」と言った。

「誰が息子の腕を切りたいと思う？」

その言葉に、私は驚いた。このふたり、親子だったんだ。たしかにどことなく雰囲気が似ているけれど。それならなおさら、そんなつらいことさせられない。もっと強力な回復ポーションを作らないと。私が処置台を離れようとしたら、リュウリが腕を掴んできた。私はハッとしてリュウリを見る。漆黒の瞳は、苦しげにこちらを見ている。

「もう、いい……」

リュウリはひどく脂汗をかいていた。ラウルは言葉を発したリュウリを見て驚いている。

「すごい……意識が回復するなんて」

「十分、なんだ。もう、なにもしなくて、いい」

なにを言ってるの。それこそ、まだなんにもしていないのに。きっと私に出会ったあの時から、この人は死ぬつもりだったんだ。

私はリュウリの手をぎゅっと握った。この人は私が助ける。リュウリが助けてくれたように、私も彼を助けたいんだ。

「わ、たしが、くすり、作ります」

思いがあふれて、口からこぼれ落ちた私の言葉に、マギがハッと顔を上げた。突然声が出た状況に驚きつつ、どうしても伝えたい思いを口に出した。

「私、あなたを助けます」

リュウリはかすかに目もとを緩めて、そのまま意識を失った。

「非常に危険な状態だ。リミットは二十分だぞ」

マギは私にそう言って、ラウルに指示しながら処置を開始する。あと二十分で、解毒薬を作らないと。私は薬を作りに調剤室に向かった。

ラウルが検査したヒドラの毒成分を解析し、最適な解毒薬を作ることにした。結果を見た私は愕然とする。よりにもよって、テトロドトキシン系だなんて……。テトロドトキシンはフグの毒で有名な神経毒だ。前世でも有効な解毒方法がなかった。少量でも摂取すると中毒死する可能性が高い。一般的には対症療法しかないと言われているが、そんな悠長なことをしている

時間はない。

そういえば昔の文献で、亜硫酸塩と酸塩の化合物が回復の助けをすると読んだ気がする。でも、たしかその組み合わせには副作用もあるのだ。その論文にはこうもあった。フグの中毒症状が出ている患者に、別のフグ毒を注射しても悪化することはないと。

毒をもって毒を制するのだ。

医療用にテトロドトキシンを使用することがあるので、それを使ってポーションを作ることにした。ポーションでは初めて使う成分なので、慎重に量を測りながら作っていく。

作ったポーションを持って処置室に向かうと、すでに十分経っていた。

早くしないと。

血抜きによって毒を抜かれたリュウリは、大量の血をなくしたせいで朦朧としていた。私はマギの助けを借りてリュウリにポーションを飲ませた。リュウリは激しく咳き込んで、しばらく荒い呼吸を続けていた。

マギは血で汚れた服を脱いで、手を洗った。

「これで経過を観察しよう。　毒が抜けるのはおよそ八時間後。　明日の朝までが山だな」

「私、夜間看護をします」

「疲れただろう。　ラウルくんに任せてもう寝なさい」

「そうですよ。　子供は九時前に寝ないとね」

50

ラウルはそう言って、私の頭をなでた。

本当は子供じゃないんだけどな。

その夜ベッドに入ったのはいいが、まったく眠れなかった。

部屋をうろうろしていたが、我慢できずリュウリの様子を見にいくことにした。

どうせ眠れないんだし、いいよね。

開きかけたドアからこっそり覗くと、ラウルがリュウリの点滴を替えているところだった。

ラウルが席をはずしている間に、私はリュウリに駆け寄った。踏み台に乗って覗き込むと、顔色がだいぶよくなっているように見えた。ほっとして、その手を握る。すると、リュウリがうっすらと目を開いた。

「あ、水飲みますか？」

台から下りようとしたら、リュウリが手を握り返してきた。彼はかぶりを振って、再び目を閉じた。ここにいろってことなのかな。長いまつげを揺らし、寝息を立てるリュウリを見ていたら、なんだかうとうとしてきた。私は処置台にこてんと頭をもたせかける。

私、少しは役に立てたかな……。


ちゅんちゅんと鳥の鳴く声に目を覚ますと、肩に毛布がかけられていた。目をこすって顔を上げると、処置台の上に寝ていたリュウリの姿がなかった。私は急いで立ち上がり、処置室の外に出た。向かいにある当直室では、ラウルが寝息を立てている。リュウリの点滴がはずれたから、仮眠を取っているんだろう。

どこに行ったのかな、リュウリさん。

キョロキョロしながら歩いていたら、窓の向こうにリュウリの姿が見えた。手術着のままで歩いている。

もうリハビリしてるんだ……。

私は建物から出て、リュウリに近づいていった。

「おはようございます」

声をかけると、彼がゆっくりとこちらを向いた。顔色がずいぶんとよくなっていて、ほっとした。

「おはよう」

調子はどうかと尋ねたら、少しだるいくらいだと返ってきた。すごい回復力だ。通常、あんな大怪我をした後に点滴がすぐはずれることはない。

さすが竜騎士だな……。

私は処置室に戻って、リュウリに熱と血圧を測ってもらった。少し微熱があるが、血圧も正常だ。私はほっと息を吐いた。

「よかったです、回復して」

「君は恩人だ。感謝する」

私は頭を下げたリュウリに慌てた。

「そんな、処置したのはマギさんですから」

「まさか君が父のところにいるとはな……。ほかのパーティーメンバーもいるのか？」

「いえ……」

私が言いよどんでいたら、マギがやって来た。彼はリュウリを見てそっけなく尋ねる。

「起きたか。飯は食えるか？」

「ああ……」

「なら用意してあるからさっさと来い」とマギが言った。

生死の境をさまよった息子が助かったのに、なんだかドライだ。でも昨夜はすごく心配してたし……照れ隠ししてるのかな？

リュウリは、着替えるから先に行っているようにと、私に言った。私が厨房に向かうと、マギが壁に手をついて目を閉じていた。きっと目覚めたリュウリを見て、安心したんだろう。私が近づいていくと、バツが悪そうな顔になって咳払いした。

素直じゃないんだ、マギさんって。

ここのところ嫌なことが多かったから、なんだか心が温かくなる。

熟睡しているラウルを除いて、私たちは三人で食卓を囲んだ。マギとリュウリはあまり話さなかったので、私がふたりと話すみたいな形になった。

リュウリは現在王都に住んでいて、今回休みを取って帰省したのだそうだ。でも、リュウリはどうして洞窟にいたのだろう。

ヒドラを倒すために、帰ってきたのかな……？　ってことは、ディアたちにも会ったのだろうか？

私は問いかけるようにリュウリを見上げた。食事を終えると、リュウリは袖をまくって皿洗いをし始めた。私は慌ててリュウリに駆け寄った。

「あ、私やります」

「君は座っていろ」

「リュウリさんは病み上がりなんですから」

リュウリの周りをうろちょろしていると、彼がかすかに微笑んだ。

あ、笑った……。

リュウリは手際よく皿を洗って、ラックに戻した。なにもしないわけにはいかないので、私はお皿を拭く係になった。皿洗いを終えたリュウリは、洗濯物を干し始めた。干し方が綺麗だし、早い。騎士ってこんなになんでもできるんだ。

私もがんばらなきゃ。

シーツを広げようとした私は、勢いあまって頭からかぶってしまった。わたわたしている私を、リュウリが助けてくれた。シーツの向こうに、リュウリの穏やかな表情が見えた。私はそれを見て頬を熱くする。

恥ずかしいけど、リュウリのこんな顔を見られるのはうれしい。

洗濯物を干し終えたら、寝ぼけ顔のラウルがやって来た。

「すみません、リュウリさん。僕の仕事なのに」

「君にも世話をかけたな。疲れただろう。寝ていてくれ」

「そうは行きませんよ。ほかにやる人間もいないし」

ラウルはそう言って、私の方に視線を向けた。

「ああでも、最近じゃエリーちゃんが来てくれて助かってるけど」

「でも私、あんまり役に立ってません」

せめてもう少し大きかったらな……と思っていたら、リュウリとラウルが私の言葉に頭を振った。

「なに言ってるの、リュウリさんは君のおかげで助かったんだよ」

「ああ。洞窟で、君のくれたポーションを飲んだ。それで生き延びることができたんだと思う」

リュウリはこちらを見て微笑んだ。

「君は素晴らしい薬師だ。エリー」

そんなことを言われたのは始めてだったので、泣きそうになってしまった。ずっと自分は必要のない存在だって思っていたから。泣き顔を見られたくなくてうつむいた私を、リュウリは不思議そうな顔で見ている。

「……エリー？」

その時、マギがやって来てリュウリを呼んだ。

「リュウリ、ちょっといいか」

リュウリは私の頭をなでて、マギと一緒に建物の中に入っていった。

◇　◇　◇

「おまえが帰るなんて珍しいな、リュウリ」

父はそう言って俺を見た。会うのは五年ぶりくらいだろうか。久しぶりに会う父は老いていた。俺は彼に向き合い、淡々と答えた。

「ヒドラを倒した」

父はその返事を予期していたのだろう。「いったいどうやってだ」と尋ねた。ヒドラはこの辺りでは有名な化け物で、竜騎士団を率いぬ限りけして倒せぬと言われていた。だから俺は、竜騎士団に入ったのである。十一歳で入団し、修業を経て騎士になった。その後、史上最年少の十六歳で竜騎士団長になったはいいが、二十歳《はたち》になる今まで雑務に追われて第三地区に来ることができなかった。今回、ヒドラに懸賞金がかけられていることを知って単独でやって来たのだ。ヒドラだけはほかのパーティーに狩られたくなかった。もっとも、あのパーティーにヒドラが倒せたとは思えなかったが……彼らが無駄死にするのは防げただろう。

俺はヒドラに噛まれた腕を押さえた。ヒドラの毒性はすさまじいものだった。エリーがいなければ、俺とて死んでいただろう。いや、死んでもいいと思っていたのだ。エリーに会うまでは。俺は父を見つめて尋ねた。

「あの子はなぜここにいる」

「エリーと知り合いだったんなら、察しがつくんじゃないか」

彼女と話したのは一度きりだと言うと、父はそうか、と相づちを打った。

「……エリーは仲間に捨てられたんだ。まだ幼いのに、かわいそうに」

エリーはパーティーを追われた上にディアという男に吹き飛ばされ、口がきけなくなった。父にそう聞かされ、俺は体を震わせた。あんな子供に剣を向けるとは。彼女は懸命に、託された荷物を守ろうとしていたのに。

あの時、泣きそうな顔でメロンパンを差し出してきたエリーを思い出す。

目の前にそのディアとやらが現れたら、平静ではいられない気がした。父は俺の様子を見て眉を寄せた。

「リュウリ、あの子を哀れむのなら王都に連れていってやれ」

「どうして」

父はこちらに用紙を差し出してきた。どうやらなにかの分析表らしいが、こんなものを見せられても俺にはよくわからない。怪訝《けげん》な顔で父を見ると、「それはヒドラの毒成分を分析したものだ」と返ってきた。

「たしか、うちにもテトロドトキシンがなかったか？」

子供の頃、処置室を遊び場にしていて、テトロドトキシンの瓶を触ろうとした。それで父にこっぴどく叱られた覚えがある。だから強く印象に残っているのだ。俺が記憶を探っていると、父がこう説明した。

「うまく使えば薬になるんだ。だが普通、あれを解毒剤にしようとは考えない。リスクも高いし、誰もやったことがなかったからだ」

魔物が持つ毒の多くが、テトロドトキシン系だということはわかっていた。しかし、それを解毒するものは存在しないとされていた。

「しかし今回おまえが助かったのは、ほかでもなく、その解毒剤のおかげだ」

「エリーはひとりでそれを思いついたと……」

「そういうことだ。ただの子供とは思えん。こんな田舎にいるべき人材じゃない」

王都で名をなす存在だと、父は言いたいのだろう。たしかに彼女には、見た目からは想像できない力があるようだ。しかし……。

「エリーがそれを望んでいるかはわからない」

父もラウルも、エリーを慈しんでいる。ここにいた方がエリーのためではないか。広い世界に出ていくことは、彼女を傷つける機会が増えるだけなのかもしれない。

「あの子は普通の子供ではない」と父は言った。

「うまく言えんが……ただかわいがって慈しまれるだけでは、あの子の傷は癒えない気がする」

「だが、ここにいて再び話せるようになったんだろう」

「それはおまえを救ったからだ」

洞窟で死にかけていた時、ポーションを差し出してきたエリーの姿が思い浮かんだ。彼女は自分の力で、人を救いたいと思っている。それがエリーの生きがい。彼女の傷を癒やす唯一の方法。

「あの子の心には、まだ穴があいているんだ。それを埋めるなにかが必要だとは思わないか」

父はそう言って俺を見つめた。穴ならば、俺の心にもあいていた。妹をなくした時から、大きな穴が――。だから自分はエリーのことを放っておけないのだろうか。

◇　◇　◇

フライパンに落とした卵が、じゅうっと音を立てる。エプロンをつけた私は、ちょこまかと厨房を動き回っていた。踏み台の上に乗った私が鍋を取ろうとしていたら、うしろから伸びてきた手が鍋を掴む。振り向くと、リュウリが立っていた。

「届かなかったら俺を呼べと言っただろう」

「ありがとうございます」

私はぺこりと頭を下げて、リュウリから鍋を受け取った。リュウリはかすかに笑って、頭をなでてくる。

リュウリがマビノギ病院に来てから三日間、彼は完全に回復していた。私は朝が弱いマギに代わり、朝食を作るのが日課になっていた。マギがあくび交じりでやって来る。テーブルについて朝食を食べ始めたが、寝ぼけているので食が進まない。リュウリがマギを揺り起こしている。その様子に、心が和むのを感じた。

朝食を食べ終えると、リュウリが話があると言ってきた。マギは仕事に向かい、私とリュウリは食堂で向き合った。

彼は私に、今日王都に戻るのだと言った。

「そうですか……」

リュウリがいないと寂しくなるな……そう思っていたら、彼が一緒に来ないかと尋ねてきた。

「え……」

「王都にくれば、君の力を活かせる場所もあるかもしれない」

しかし、王都に行っても頼るあてはない。困った顔をしていると、リュウリはツテがあるのだと話した。彼いわく、王都のギルド街に主人を失った薬屋がある。そこを復活させてくれないかとのことだった。ずっとここにいるわけにはいかない。私はしばし考えた末に、こくりとうなずいた。リュウリはほっとして、私に身支度をするよう告げた。

病院を出る際、マギは少し寂しそうな顔をしていた。マギと離れるのは私も寂しい。それに、十分な恩返しができていない。私がうつむくと、マギが朗らかな声で話しかけてきた。

「元気でな、エリー」

私はうなずいて、マギにしがみついた。

竜に乗って翔ぶ私とリュウリを、ラウルとマギは手を振って見送っていた。

第二章　王都でのくらし

竜に乗ってからおよそ一時間ほど経った頃、城下町へと至る門の前に到着した。竜はばさりと翼をはためかせて地面に着地する。この後はどうするのだろうと思っていたら、リュウリは竜のクツワを引いて門に向かった。どうやらこのまま連れて入るらしい。

親子にしては年が近く、兄妹にしては年が離れている私とリュウリを、門兵は怪訝な眼差しで見てきた。私は門兵にカバンから出したメンバーカードを見せた。これは各パーティーがギルドに登録した際に配られるカードで、このカードがあれば街と森を好きに行き来できるのだ。しかし、門兵はそれを見て「期限が切れてる」と言った。

「え……」

「これじゃ通れないよ。帰んな」

そうか、いつもディアがカードを見せてるから、私は自分のを確認する必要がなかったんだ。

「これで通れるか」

リュウリがそう言って記章を見せると、門兵は慌てて敬礼した。

「竜騎士団長様でしたかっ、どうぞ、お通りください」

なんだかずいぶんと態度が違う。

それだけリュウリさんがすごいってことなんだろうけど。

私はリュウリと共に街へと抜ける門をくぐって、中に入る。すると、にぎやかな街並みが視界いっぱいに広がった。巨大な竜を見ても、人々は驚いた様子がない。王都では、きっと竜はあたり前の存在なのだ。リュウリは竜に乗っていいと言ったが、私はかぶりを振った。自分の足で歩いて、街をじっくり見てみたかったのだ。

立ち並ぶ店には果物や野菜、雑貨や衣服が売られている。かわいい髪飾りが並べられていたので、思わずそちらに寄っていった。花の形をしていて、飴細工のように艶がある。

「わあ、かわいい……」

「欲しいのか」

リュウリに尋ねられて、私はどきっとした。

「え？　いえっ、全然いりません」

マギが持たせてくれたお金があるけれど、大事に使わないといけないものだし、無駄なものに使う余裕はない。髪飾りがなくても死にはしないし。

あれこれ見ながら歩いていると、空腹が襲ってきた。ぐるるとお腹を鳴らしていると、リュウリが果物屋に寄ってフルーツを買ってくれた。ネーブルの一種で、甘みがあってとてもおいしい。果物を食べながら歩いていくと、ギルド街に到着した。ギルド街の入り口には竜を象った特徴的な看板がかけられていて、一から二十までの番地が振ってある。リュウリは街頭の柱に竜をつないで「行こう」と私を促した。

王都のギルドに来るのって、久しぶりかも……。

リュウリは二十番地と書かれた路地に入り、奥へと進んでいく。入り口付近はにぎやかで、日用雑貨などを売る店が立ち並んでいた。しかしばらく進んでいくと、どんどん人けがなくなっていった。この辺りには誰も来ないのか、全体的に寂れた街並みだ。ほとんどの店のドアには、張り紙やクローズの札が下がっていた。その中にリュウリが目ざす店があった。そのまま見過ごしてしまいそうなほどこぢんまりした店舗で、さびついた看板にはかすれた字で『ドラゴン薬局』と書かれている。リュウリは懐から出した鍵を差し込み、ガチャリと解錠した。

猫用の扉がついたドアを押し開けると、カランカランとドアベルが鳴った。私はリュウリの脇からひょこっと顔を出し、店内を見回してみた。

正面に大きなカウンターがあって、その上にはレジスターが置かれていた。その隣には、ふてぶてしいシマ猫が一匹鎮座していた。まるまると太っていて、とても目つきが悪い。

店に足を踏み入れると、かすかに埃のにおいが漂ってきた。

カウンターに近づいていった私は猫を抱き上げ、しげしげと見た。

この猫、こんなに太って……誰が餌をやってるんだろう。

不審に思っている私をよそに、リュウリは窓を開けて、換気をしながら言う。

「ここは五年前につぶれた店なんだ。引き取り手もなくて、竜騎士団が管理することになっていた。たまに掃除に来るくらいで、人けがないせいでどんどん傷んできている」

たしかに、表の看板ははげかけていたし、階段はギシギシ音を立てるし、だいぶ古そうな建物だ。人が住まないと、どんどん駄目になるっていうもんね。

薬屋の一階は店舗とキッチン、二階は住居になっているらしい。私は物珍しく思いながら店内を見て回った。あまり広くなくて、住み心地がよさそうだ。それに、同居人は抱き心地もいいし。

「生活必需品は後で送らせる。俺は宮廷にいるから、なにか困ったことがあれば呼んでくれ」

彼はそう言って、私の頭をなでて去っていった。

リュウリが出ていくと、その場がしんとした。存在感のある同居人はいるけれど、猫が話し相手になるはずもない。

今日からここでひとりか……。ふと、猫がなにかをくわえて持ってきた。どうやら餌の空き缶のようだ。私はそれを手にして首をかしげる。

「猫缶すぺしゃる……」

コレが好きなのかしら、この子。

私は猫の餌を買うべく、店を出てギルド街の店に向かった。その後をのしのしと音を立てて猫がついてくる。そういえば、この子の名前をリュウリに聞くのを忘れてしまった。街を歩くと、猫が太っている謎が解けた。店の人たちが、猫にいろんなものをあげるのだ。

「おおペン。今日も貫禄タップリだねえ。魚食うか～？」

「ペンちゃん、かわいい子を連れてるじゃないか。彼女かい」

この猫はどうやらペンという名前らしい。街の人たちはペンに声をかけるついでに私にも話しかけてくれた。

「へえ……お嬢ちゃん、ドラゴン薬局に住むのかい」

「はい、私、薬局を立て直すために来ました。エリーといいます」

私がそう言ったら、八百屋のご主人がおかしそうに笑った。

「お嬢ちゃんが？　そりゃ大仕事だ」

「あそこ、もともと宮廷からの処方箋の需要でまかなってたんだろう？　宮廷薬師が出てきてから、からっきしだよ」

「最近じゃ戦争もないからね」

そもそも子供に薬局を立て直すなんてできるわけがないって、みんな思っているようだった。

会話をしていたら、私の親はどうしているのかという話になった。私は言葉を濁し、その場を後にした。みんないい人そうだけれど、親はいったいなにをしているのかとか、今までどうしていたのかって聞かれるのは憂鬱《ゆううつ》だった。薬草店に行ったら、じろじろ見られてしまった。

やっぱり子供がひとりでいると、変だって思われるんだ。

——知ってるかい、ドラゴン薬局に子供が来たって。

——ええ？　なんであんなとこに？

——なんか訳ありみたいだよ。親に捨てられたのかねえ、かわいそうに。

ひそひそささやかれる声は、私の肩身を狭くした。なんだかマビノギ病院での日々が、急速に懐かしくなってきた。ここでは一緒にごはんを食べる人もいない。

べつに……ディアのパーティーにいた時だって、ひとりで食べてたんだし。

その夜、私はひとりで黙々と食事を取ってベッドに入った。疲れていたせいなのか、意外とぐっすり眠れた。

「おい、嬢ちゃん朝やで。起きんかい」

ペシペシと頬を叩かれる感触に、私は身じろぎした。ゆっくり目を開けたら、ペンがこちらを見下ろしていた。

「寝てもええけど、わいの朝飯用意してくれなはれ」

「わい……？」

「せや。お寝坊さんやね、嬢ちゃん」

猫がしゃべってる……？　ぼうっとしている私の考えを読み取ったのか、ペンがこう言った。

「ああ、わい猫ちゃうし。ペンドラゴンって知らん？」

ペンドラゴン……。それ、伝説の竜騎士の名前だよね。学校に行っていないエリーでも知っているほど有名な英雄だ。

「わい、その騎士やし」

そう言っているのは、あきらかにただの猫だ。私、寝ぼけてるのかな……。もう一度寝よう。

うとうとと頭を揺らした私の肩を、猫がペシペシと叩いた。

「おーい！　起きろゆーとるやろ！」

猫の話す奇妙な言葉を聞きながら、夢の中へと落ちていった。

◇◇◇

ヒドラを退治をしたパーティーが宮廷を訪れると聞いて、俺はタイを結ぶ手を止めた。その情報を持ってきたのは、竜騎士団副団長のルイだ。

ルイは眼鏡をかけた品のある男で、いつも冷静な口調でしゃべる。彼の理路整然とした言葉は俺にはないもので重宝している。

ルイは眼鏡を押し上げて声をかけてくる。

「団長、ヒドラは団長が追っていた獲物ですよね」

「ああ……」

そう、俺はヒドラに執着があった。あの化け物は、俺の妹を殺した憎き敵。

俺には三歳違いの妹がいて、いつも俺の後を追いかけてきた。母は早くに亡くなって、医師である父は多忙だったので普段から俺が妹の相手をしていたのだ。

幼い頃は、俺は父の後を継ぐつもりだった。よく山に入って薬草を取って、妹相手に医者の真似ごとをしていた。

物心がつくと、いつでもそばにいる妹が疎ましくなっていった。妹と遊んでばかりいるのを、友達にからかわれるのも嫌だった。だから、だんだん妹を遠ざけるようになった。

それでも妹は、俺になついていた。

――その日は俺の誕生日だった。

友達と遊ぶ約束があった俺は、妹に留守番するよう言った。妹は一緒についてきたがったが、無視して家を出た。

遊んでいる間は、妹のことなどすっかり忘れていた。妹がいないことに気づいたのは、帰宅してすぐだった。近くに出かけているだけで、てっきりすぐ戻ってくるだろうと思っていた。

しかし、妹は帰ってこなかった。

妹はひとりで洞窟に向かっていたのだった。

まだ六歳だった妹を、あの化け物はなぶり殺しにした。妹は小さな手に綺麗な石を握っていた。洞窟でしか取れないその石は、俺の誕生石だった。

誰かに責めてほしかったのに、誰も俺を責めなかった。父はただ静かに打ちひしがれていた。

俺は第三地区を出て竜騎士団に入り、訓練に明け暮れた。気がつけば騎士団長になっていたが、それは俺の目的ではなかった。すべては、強靭《きょうじん》な肉体を手に入れ、妹の仇を討つためだった。

毒牙に冒されながら奴にとどめを刺した瞬間、これでもう死んでいいと思った。しかし、俺は死ななかった。あの少女がいたおかげで。

エリーは元気だろうか。あの銀髪の少女は――。

俺の内心を知らないルイは、眼鏡を押し上げて言葉を続ける。

「あなたでも、先んじられるなどということがあるんですね」

「あのパーティーが実力者揃いだったのだろう」

ヒドラを退治したパーティーは、お世辞にも連携が取れているとは言えなかった。ディアの剣術はまずまずのものだが、魔道士は戦い慣れておらず、聖女は戦力外。黒いドレスの薬師はよくわからないが、怪我をした魔道士を助ける様子がなかった。彼らにヒドラを倒すことなど不可能だっただろう。

ルイはまだなにか言いたげだったが、俺が反論も弁解もしないので黙ったようだ。

俺は竜騎士団の更衣室を出て、『王の間』へと向かった。ルイもその後をついてくる。

王の間の前で待っていると、ヒドラを退治したパーティーが回廊を歩いてくるのが見えた。平団員のサイが、腕を組んで彼らを眺めた。

「あの先頭にいるのが魔剣士っすか。本当にあんなチャラチャラした男が、ヒドラを倒したんすかね」

「彼も、あなたにチャラチャラしてるとか言われたくないでしょうね」

ルイがサイに嫌みを言ったら、サイがムカつく～、と顔を引きつらせた。このふたりはどうも馬が合わないらしく、たいていいがみ合っている。俺はそれをなだめるでもなく傍観した。彼らは言いたいことを言い合っているだけで、本当に険悪なわけではないからだ。

サイはルイとの言い合いに飽きたらしく、パーティーの女性陣を見て相好を崩している。

「うわー、ふたりともかわいいすね。ねえ団長」

「サイ、静かにしろ」

俺がそう言うと、サイが背筋を正した。

パーティーの先頭でふんぞり返っていた男が、俺の方をちらっと見た。この男には見覚えがある。まばゆい金髪に赤い瞳。手榴弾をヒドラに投げつけた魔剣士だ。

彼はふんっと顔をそらして俺の前を通り過ぎ、王の間に入っていく。

あの時俺はフードをかぶっていた。おそらく気づいていないのだろう。

その後にほかのメンバーが続いたが、彼らも俺に気づいた様子はなかった。

「ヒドラ討伐隊パーティー、『緋色の風』がまいりました、陛下」

奏上の声に、玉座に腰掛けていた国王のザンガスが顔を上げた。その隣に座っている金髪の少年は、王子のヨークだ。女の子のように愛らしい顔をした王子は、パーティーをじっと見た後、興味なさそうに顔をそらした。パーティーの面々は王の前で膝をつき、深々と頭を下げた。

赤い目の男が口を開く。

「お招きいただき大変うれしく思っております、陛下。ディアと申します」

ディア――？　俺はその名前に覚えがあることに気づいた。それはエリーが口にしていた名前ではないか？　つまり彼らが、エリーを放逐したパーティーということか。

「苦しゅうない、おもてを上げよ」

ザンガスの言葉に、ディアが顔を上げた。ザンガスはディアに、どうやってヒドラを倒したのかと聞きたがった。ディアはそれに応じて自慢げに偽りの戦績を語った。首を切るのにいかに苦労したか。負傷しながら仲間をかばい戦ってどれほどのダメージを受けたか。

よくもあんなにすらすら嘘が出てくるものだと、俺は思った。彼がしたことといえば、手榴弾を投げつけて相手のＭＰを五十ほど減らしただけだ。ザンガスはディアの言葉に「ほお」と感嘆の声をあげる。

「なるほど……それは苦労したな」

「いえ、凶悪な魔物を倒し、国が豊かになるのであればこれ以上の幸せはないのです」

ディアはそう言って、深々と頭を下げた。ザンガスはいたくディアを気に入って、しばらく滞在するようにと勧めた。ディアはうやうやしい態度でザンガスに見せたいものがあると言って、兵士が台車になにかをのせて運んできた。俺は思わず眉をひそめた。それはヒドラの首だったのだ。

ああいうものを宮廷に持ち込むべきではないのだが……。

醜悪なそれから、王子は顔をそらした。俺には彼の気持ちがよくわかった。室内にはひどいにおいが漂っているのだ。

「僕、部屋に帰るよ」

椅子から立ち上がった王子は壇から下りて、さっさと部屋を出ていく。ザンガスはそれを見てため息をついた。

「あの子はどうも臆病でいけない。リュウリ、ヨークが立派に次期国王になれるようおまえがきちんと鍛えなければならないぞ」

「かしこまりました、陛下」

頭を下げた俺を、ディアは鼻で笑った。

王の間を出ると、ディアが待ち構えていた。彼は横柄な仕草で俺に顎をしゃくった。

「ついてこい」

ルイが「話ならここでしたらいかがですか」と言った。しかし、俺が目配せして抑えると不服げに身を引いた。ディアに命令される筋合いはないが、国王が取り立てている人物なので黙ってついていく。

ディアは人けのない中庭で立ち止まり、ぐるりと俺を振り返った。

「おいあんた、さっきからじろじろ見てきてなんなんだ？」

「手榴弾を投げただけで、よくあれだけしゃべることがあるなと、そう思っていただけだが？」

ディアは俺の言葉に目を見開いた。どうやら俺が洞窟で出会った相手だと理解したようだ。

「おまえ……あの時の？　生きてたのかよ。信じらんねえ」

自分でも信じられない。おそらくは、エリーがいなければ今頃死んでいただろう。

「まさか、国王に言う気かよ。ヒドラを倒したのはあんただって」

ディアは声を潜めてそう言った。やはり、自覚があってああいう嘘をついていたのか。俺は淡々とした口調で返す。

「俺はヒドラを倒せただけで満足だ。なにも言うつもりはない」

「あ、そう。無欲なんだなあ、あんた」

ディアは感心したような顔で言った。自分は無欲などではない。単に目的の違いだろうと俺は思う。ディアは金銭欲や名誉欲、権威を欲しがっているように見える。しかし俺の目的は、ヒドラを倒すこと、ただそれだけ。それを達成した今は、ただ王族を守る騎士として職務をまっとうするだけだ。

言いたいことを言ったらしいディアは、さっさと歩いていこうとする。

「待て」

振り向いたディアに、「エリーという子を知っているか」と尋ねた。

「あ？　おまえ、エリーの知り合いかよ」

「彼女に命を救われた」

「あー、あいつのポーション効くからな」

「能力を認めているのに、なぜ彼女を追放した。懸命に君に尽くしていたのに」

「ガキに尽くされてもうれしくないって。それに、あいつの不幸顔見てるとイライラするんだよな」

俺は腕を伸ばして、ディアの襟首を掴んだ。彼はぎょっとしてこちらを見上げる。

「な、なんだよ」

「あの子はおまえに斬りつけられて話せなくなったんだぞ」

「知るかよそんなこと。放せっつーの！」

ディアは俺の手を振り払って歩いていった。俺は手のひらを見下ろして、ため息を漏らした。

賓客に掴みかかるなんて自分らしくもない。あの子供と関わると、冷静さを欠いてしまう。

調子が狂うのは、おそらくあの子が妹を思い起こさせるからだ。

その場を立ち去ろうとしたら、小さな人影が回廊の壁にもたれているのが見えた。俺は彼に近づいていって一礼する。金髪の美少年はうかがうように俺を見上げてきた。

「ねえリュウリ。あの『緋色の風』とかいう奴らは本当にヒドラを倒したの？」

「信じられませんか」

王子は懐から出したマジックグラスを振った。

「だってあいつら、合計七万の戦力しかなかったよ。ヒドラがそれっぽっちのレベルだとは思えない。それに、あのユラとかいう薬師にたいした力はないよ」

王子は回復薬師の能力を持っていて、見ただけで人やモンスターの能力を読み取ることができる。だが王であるザンガスにはその力がないので、ディアの言葉に簡単に騙されたのだろう。

王子は目を細めてディアを見た。

「不思議だね。ヒドラ退治をなしとげたパーティーがあの程度なのに、休暇をとってきたはずの君のレベルは十二万に上がっている。どう考えても辻褄が合わない」

「王子、私は誰がモンスターを倒したかに意味があるとは思いません」

「でも、お父様があいつを取り立てたら宮廷に入り込んでくる。彼が持ってきたあの首も、すごく不愉快だよ」

王の間に充満していたにおいを思い出したのか、王子は口もとに手をあて眉をひそめた。

王子は少し体が弱いが、冷静で頭がよく、きちんと大人の動向を読み取って振る舞うことができる。その王子が席を立つということは、よほどのことなのだ。それだけヒドラの魔力は死してなお人を畏れさせる。俺は深々と頭を下げた。

「なにがあっても王子は私がお守りします」

「ほんとかなあ。なんか最近、上の空じゃない?」

王子は探るような眼差しでこちらを見てきた。俺は黙ってかぶりを振った。

エリーは王侯貴族でもなければ、親類でもない。彼女を守る理由はいっさいない。しかしあの幼い姿を思い出すと、穴のあいた心が疼《うず》く。——俺はあの子に手を差し伸べることで、その穴を埋めようとしている。

エリーから離れなければ。俺がすべきなのは、この国や王族を守ることなのだから。

◇◇◇

窓から朝日が注いでいる。私はベッドから起き上がって、んーっと伸びをした。ぴょんとベッドから下りて、鏡台の前に腰掛けてブラシで髪をとかす。鏡を覗き込むと、銀髪の少女がこっちを見ていた。私は鏡に向かってにこっと微笑んだ。元気の一歩は笑顔から。

今日も一日がんばるぞ。

着替えて階下に下りていくと、でっぷり太った猫がするりと足に絡みついてきた。

「にゃー、エリー。猫缶すぺしゃる買ってんか～」

「あれは高いからダメ」

「ケチケチなエリ～」

ペンは太った体でごろごろと床を転がった。動くたびにお腹についた脂肪が揺れている。ドラゴン薬局に住みついているこの猫は、なぜかしゃべる。最初は自分が寝ぼけているのかと思ったが、ペンは相変わらずぺらぺらと話しかけてくるのだ。しかも関西弁で。この猫はいったいなんなのかリュウリに聞きたいけど、忙しいだろうと思うと、そんなことで宮廷に行くのも気が引けた。

さんざんお世話になったんだし、ひとりでがんばらなくちゃ。

私は厨房に向かい、普通の猫缶を取り出した。それを餌入れにあけてペンに差し出す。

「はい、どうぞ」

ペンは鼻を鳴らして、べしっと餌入れを叩いた。すると、中身が床にこぼれる。

「ああっ」

「こんなもん食えるかいっ、鳥の餌ちゃうねんぞ！」

なぜだか知らないけど、ペンは猫缶すぺしゃるという超高級猫缶しか食べようとしない。猫の餌なんて、どれも一緒だと思うんだけど。なんか特殊なものが入ってるのかな……？

朝食を作って食べ、あちこちの窓を開けて換気をして店の掃除をする。掃除を終えた後はポーションを作る時間だ。昔の仕入れ票を確認したところ、ドラゴン薬局では宮廷に大量の薬品類を卸していた。しかし、十年前から大幅に注文が減っていた。おそらく、この頃から宮廷薬師が台頭し始めたのだろう。この店の売上はもともとほとんどなくて、宮廷に注文を打ち切られた時点で廃業が決まっていたようなものなのだろう。

「ねえペン、このお店って昔どんな客が来てた？」

「んー？　せやな、じいさんばあさんやな。ほとんど世間話しに来とったわ」

ペンはもこもこの毛を繕いながら答えた。

七年前、一番街に大きな薬局ができたので、顧客はみんなそこに流れてしまったらしい。そして、いろんな要因が重なって閉店となってしまったのだそうだ。

私は案内所でもらってきたマップを広げ、しげしげと眺めた。ギルド街にある薬局は、私のところを含めて五つある。その中で一番大きいのは、一番街にある『ゴールド薬局』だった。

「ここに行ってみようかなあ。ペンも行く？」

「行くっ、猫缶すぺしゃるデラックス買ってんか！」

ペンは巨体からは想像できない機敏さで起き上がり、目を輝かせた。猫缶すぺしゃるってだけでも高いのに、デラックス？　商品名だけでも高そうだ。

やっぱり連れてくのやめようかな。

ひとりで出かけようとしたら、ペンが足にしがみついてきた。一向に放そうとしないので、ずるずるとペンを引きずりながら薬局へと向かった。

お、重い……。

ゴールド薬局には、開店前から長蛇の列ができていた。客層的には冒険者や主婦、お年寄りもいる。私は最後尾に並んだが、小さくて見えづらいからなのかどんどん抜かされてしまった。

「あ、あのっ、私先に並んでましたっ」

ぴょんぴょん飛んでアピールしたが、無視された。こういう時、子供というのがネックになる。店の前の時計の針が十時をさすと、ドアが開いて店員が出てきた。

「ゴールド薬局開店しましたー！　本日の特売品はトイレットペーパー十二巻に猫缶すぺしゃるデラックス、それとスペシャルポーションでーす！」

客は我先にと買い物かごを掴んで、血走った目で店内に駆け込んだ。押しのけられた私は、よろめいて地面に倒れた。私は痛みにうめきながら起き上がり、辺りを見回した。一緒にいたはずのペンがいない。

「あ、あれ？　ペン？」

どこに行ったのだろう？　もしかして、店に入ってしまったのだろうか。途方に暮れていると、すっと手を差し伸べられた。金髪の少年で、帽子をかぶってベストを着ている。

「大丈夫？」

「あ、ありがとうございます」

私は少年の手を取って起き上がった。私が立ち上がると、ちょうど同じくらいの背丈だった。視線が合うと、少年がにっこり笑う。その笑顔はまるで天使のように麗しかった。わあ、綺麗な子だな……。思わず見とれていると、少年が優しく話しかけてきた。

「君、ゴールド薬局に並んでたよね。なにが欲しかったの？」

「いえ、とくになにも……ちょっと見ようかなって思って」

「見るものなんてあるかなあ。ここで売ってるものって、安いけど品質はひどいものばかりだよ。ねえ、リュウリ？」

私はハッとして、少年のうしろに立つ男性を見た。リュウリはなにも言わずに佇んでいる。そうしていると本当に彫像のように美しかった。

竜騎士であるリュウリさんが一緒にいるってことは……この子、貴族かなにかだろうか？

リュウリは私の方を見ずに、「ヨーク様、そろそろ戻りましょう」と言う。

「まだいいじゃない。せっかく街に来たんだ。この子と一緒に買物をしたいな」

「彼女は平民です。ヨーク様がお話しされるような身分の娘ではありません」

リュウリさん、どうしてこっちを見ないんだろう？　それになんだか、声や態度が冷たい感じがする。私、なにかしたかな……？

そわそわしている私を見て、少年がくすっと笑った。

「リュウリのことは気にしないでよ。彼は職務に忠実なんだ。僕になにかあったら、彼の首が飛ぶからね」

私は顔を引きつらせた。それは物理的になのか、仕事を失うという意味なのかどっちだろう。

「僕の名前はヨーク。君の名前は？」

「エリーです」

自己紹介をし合った後、ヨークは店に入ろうと言った。

「じゃあ行こっか、エリー？　リュウリは嫌なら来なくてもいいよ」

ヨークは私の手を握って歩きだした。リュウリはなにか言いたげにしていたが、黙ってヨークの後をついてきた。

竜騎士団長のリュウリさんが黙って言うことを聞くなんて、よっぽど位の高い家の子なんだろうな、この子……。

ドラゴン薬局の四倍くらいあるフロアには、前世の薬局並にいろんなものが置かれている。生活消耗品や衣類、洗剤類、お菓子コーナー。薬のために確保されているスペースは少しで、ポーションの種類も少なかった。

とりあえず、一番人気の回復ポーションを買っていこうか……。

「わあ、安い」

私はポーションを手にして驚いた。店の仕入れ票にあった値段の三分の一ほどの安さだ。こんな値段でもとが取れているのだろうか。

そんなことを思っていたら、ヨークが人だかりに注目した。

「ねえ、あそこに人がいっぱいいるよ。なにかなあ」

ヨークが歩きだそうとしたら、リュウリがそれをとどめた。

「ヨーク様、私が見てきますのでお待ちください」

「大丈夫だよ」

「エリー、ヨーク様を頼む」

「あ、はいっ」

話しかけられて気分を高揚させていたら、ヨークがちらっと私の方を見てきた。

リュウリが人だかりに近寄っていくと、自然に人の壁が動いた。私はそれを見て感動する。

すごいなあ、リュウリさんって。

リュウリが戻ってきて「どうぞ」と言った。ヨークは人が集まっていたところに近づいていって、「わあ」と声をあげた。

「すごいね。タワーみたい」

台上に猫の缶詰がうずたかく積み上げられていた。特売品の猫缶すぺしゃるデラックスである。私は値札を見て驚いた。猫缶すぺしゃるってこんなに安いっけ……？　本来の二分の一の値段ではないか。

私がぽかんと缶のタワーを見上げていると、リュウリが「危ないな」とつぶやいた。彼はヨークを促し、その場から遠ざけようとした。

「この陳列方法には問題があります。崩れては危ないので、あちらへ」

「無粋だね、リュウリ。店なりに考えたパフォーマンスでしょう？」

ヨークはそう言って肩をすくめている。ペンのために一個買っていこうかなと思ってひとつ手に取ったら、缶のタワーがぐらぐらと揺れだした。

あれ……？

缶が崩れて、私の頭上に降り注ぐ。思わずぎゅっと目を閉じたら、伸びてきた腕が私を引き寄せた。ガラガラと音を立てて缶が床を転がる。おそるおそる目を開いたら、目の前にごわごわした布があった。ぽたりと血が滴り落ちる。顔を上げると、額から血を流したリュウリがこちらを見下ろしていた。私はさっと青ざめる。

「リュウリさん、血が……っ」

「大丈夫だ。王子、お怪我は」

「ないよ。君が退避させてくれたんだろ？」

ヨークはさすがだね、と言って微笑んだ。リュウリはなにも言わずにすっと目をそらす。私は慌ててハンカチを取り出し、リュウリの額をぬぐおうとした。しかし、リュウリは眉を寄せてそれを避けた。

「大丈夫だと言ってるだろう」

「でも」

「お客様っ、大丈夫ですか⁉」

バックヤードから、血相を変えた店員がやって来た。彼は必死に頭を下げていたが、そのうしろからやって来た男は横柄な態度だった。どうやら店の店長らしく、「イチキ」というネームプレートをつけている。イチキは崩れた缶詰を拾い上げ、ため息を漏らす。

「ああ、へこんでるじゃないか。これは弁償してもらわないとねぇ」

「えっ……」

私は真っ青になった。いくら安くても、ここにあるぶん全部を買い取るとなるとかなりの値段になる。どうしよう。そんなお金ないのに……そう思っていたら、リュウリが口を開いた。

「彼女に弁償する義務はない。あんな積み方では、崩れるのは想定できただろう」

「でも今まで崩れてなかったわけですからねぇ」

店長はネチネチした口調で言って、私を横目で見た。私はびくっと震えてごめんなさいと頭を下げる。すっと前に出たのはヨークだった。

「じゃあ、僕が買い取るよ」

「そ、そんな。ヨーク様にご迷惑はかけられません」

ぎょっとする私に、ヨークが笑いかけてくる。

「大丈夫、無駄にはならないから。教会が野良猫を保護する活動をやってるだろ？　餌として寄付するよ」

おろおろする私をよそに、ヨークは小切手にサインをして話をおさめてしまった。店に出た私は、しょんぼりとヨークに頭を下げた。

「ごめんなさい……」

「君のせいじゃないよ。それより、日曜は暇かな。よければ教会に来て、猫の保護活動を手伝ってほしいんだけど」

猫は大好きなので、ふたつ返事で了承する。しかし、リュウリが眉を寄せて口をはさむ。

「王……ヨーク様」

「ん？　なにかな」

ヨークは微笑んでリュウリを見上げた。僕のやることになにか文句があるのか――と言っているように見えた。リュウリは口をつぐんで、なんでもありませんとかぶりを振った。猫の保護かあ……。その話を聞いて、頭に浮かんだのは太った猫のことだった。

そういえばペンはどこに行ったんだろう。

視線を動かしていると、足もとからにゃあという声が聞こえてきた。でっぷりと太った猫が視界の下に映る。私は身をかがめてペンを抱き上げた。

「おまえ、どこにいたの」

ペンはまたにゃあと鳴いて私にすり寄ってきた。なんで普通の猫のふりをしてるんだろう。首をかしげていたら、ヨークが声をかけてきた。

「じゃあね、エリー。また日曜日に」

「あ、はいっ、さようなら」

私はリュウリの様子をうかがったけれど、彼はすでにこちらに背を向け、馬車のドアを開けてヨークを乗せていた。

馬車に乗ったヨークがにこやかに手を振っている。

私は手を振り返し、ドアに描かれた文様を見てハッとした。

あれ？　あの馬車についてる紋章って王家のものじゃ……。

御者がムチを打つと、馬車が音を立てて動き始めた。

ヨーク様ってもしかしてとんでもなく偉い人……？

馬車を見送って歩きだした私は、香ばしい匂いがすることに気づいて立ち止まった。くんくんと鼻を動かし、顔を輝かせる。この匂いは……パンだ。匂いをたどっていくと、パン屋の看板が見えた。看板には『プリオール』と書かれている。私はペンを外で待たせて、ドアを押し開けた。すると、カランカラン、と軽やかな音が響いた。

店に足を踏み入れると、バターの匂いが漂っている。私はその匂いを吸い込んで、陳列されているパンを見ていった。

「お嬢ちゃん、お使い？」

カウンターにいた優しそうな女性が声をかけてくる。お腹が大きいので、妊婦さんなのだろう。私は曖昧に笑って、メロンパンとカレーパンをトレーにのせた。

会計していると、奥からぬっと男性が顔を出した。大柄で、ちょっと目つきが鋭かったため、びくっと震えていると、男性がこちらを見た。頬に傷があって、カタギではないっぽい。おそらくこの人が店主で、奥さんと一緒にこのパン屋さんをやっているのだろう。

「あ、ありがとうございましたっ」

私はパンの袋を受け取って、逃げるようにして店を出た。急いで歩いていると、ペンが後を追ってくる。

「おいエリー、なにを急いどるんや」

あの妊婦さんはいい人そうなのに、店主が怖かった。私は大柄な男性や威圧的な人が苦手なのだ。

よさそうなパン屋だったけど、今後近寄らないようにしよう。

振り向いたら、パン屋の店主がじっとこちらを見ていた。片手に麺棒を持っている。あれで殴られたら、私などひとたまりもないだろう。私は体を震わせ、ドラゴン薬局への道を急いだ。

◇　◇　◇

金髪の少年は注がれた琥珀色の紅茶をひと口飲んで、満足げにうなずいた。

「紅茶はダージリンに限るよね」

俺は彼の居室の入り口で佇んでいた。王子を護衛し、剣術指南することが俺の役目だ。しかし、彼は剣を持つのを厭うし、なにかといえば宮廷の外に出たがる。おそらく親子関係の悪さが影響しているのだろうが。国王のザンガスは息子との会話を避け、体を鍛えて強くなることだけを要求している。王子がそれを受け入れるはずもなく、親子の間は冷えている。王妃様が生きてらしたらまた違ったのだろうが……。

王子はカップをソーサーに置いて、「リュウリも飲みなよ」と話しかけてきた。俺はかぶりを振って、「職務中ですので」と返す。すると王子は肩をすくめてカップの縁をなぞった。

「つまんないなあ。君って真面目すぎるよ。雑談相手にもならない」

「では失礼ながら、ひとつよろしいでしょうか」

「なに？」

「王子、なぜ彼女に声をかけられたのですか」

俺の言葉に、王子は首をかしげてみせた。

「彼女ってエリーのことかな。だって同い年くらいの子と会うのって、久しぶりだからさ。駄目だった？」

駄目というわけではない。しかし、なぜ王子は彼女に目をつけたのだろうと思う。俺個人としては、エリーには関わらないと決めたばかりなのだ。彼女を見ていると、どうしても手を差し伸べたくなってしまう。今日も彼女を守ったばかりに余計な危機を招いた。俺は額にできた傷を指でなぞった。ヒドラを倒した今、自分が負傷するのは王子を守る時だけだ。

「それよりどうして知らないふりをしていたの？　君たち、知り合いなんでしょう？」

「たいした知り合いではありません」

「そうかな。彼女は君のこと、子犬みたいな目をして見てたよ」

王子はエリーのことをいろいろと聞きたがったが、しばらく経つと口数が少なくなった。体調が優れないのだろうか、顔色が悪い。

額に手をあてている王子に近づいていき、その肩にブランケットをかけた。宮廷医師を呼んで診察させると、街に出て疲れが出たのだろうとのことだった。薬師も呼んだが、いつもの薬を飲めと言うだけだった。

王子は普通の子供よりも免疫力が低く、すぐに熱を出してしまう。それもあってか、彼は運動や剣技に取り組むのを嫌がる。俺は王子を連れて寝台に向かった。王子は寝台に横たわりながらつぶやく。

「たまに、この体を君と交換したいって思うよ」

「私はただの騎士です。あなたでなくては、この国を継げません」

「お父様は僕にご不満だ」

病弱なのは王子のせいではない。医者は無理をしてはいけないと言うばかりだし、薬師は副作用を恐れて同じ薬しか出さない。病を治すのではなく悪化させないことに重きを置いているのだ。この小さな主が様々なしがらみで苦しんでいることを、俺は知っていた。寝息を立てる少年の体に布団をかけて、物音を立てないよう部屋を出る。

懐に手を入れ、花の形をした髪飾りを取り出す。市場でエリーが欲しそうに見ていた品だ。

俺はそれを懐に入れ直し、廊下を歩いていった。

◇◇◇

教会の尖塔《せんとう》が朝日に輝いている。教会の前に、日曜日の礼拝にやって来た人々の列ができていた。私はキョロキョロと辺りを見回しながら歩いていた。

リュウリさんとヨークはどこだろう。

ふと、前から歩いてきた人にぶつかってうぐっとうめく。私は赤くなった鼻をさすりながら視線を上げた。

「す、すみません……」

こちらをじろっと見下ろしたのはパン屋の店主だった。私はびくっと震えて後ずさる。店で見た時も思ったけれど、直接対峙すると本当に大きい。

二メートル近くあるのではないか？

パン屋の店主は一歩こちらに近づいてきて、なにか言おうとした。その時、私の体が宙に浮いた。私は思わずわあっと声をあげる。

「この子になにか？」

私を抱き上げていたのはリュウリだった。店主はなにも言わず、リュウリを睨みつけて去っていった。私はほっと息を吐いてリュウリを見る。リュウリはこちらを見返して、「あの男は？」と尋ねた。パン屋の店主だと答えると、どうしてあんなに怯《おび》えていたのかと聞かれた。

私は恥じるようにうつむく。

「私、大きな人が苦手で」

「君に比べれば、ほとんどの者が大きい」

「いえ、そうじゃなくて……」

たとえばリュウリのことは怖くない。おそらく彼の人柄を知っているからだろうが。リュウリは私を抱いたまま、教会に向かって歩き始める。リュウリは目立つので、一緒にいる私にも当然ながら視線が注がれる。あの子はいったいなんなのかと。恥ずかしくなった私は、リュウリの服をぎゅっと掴み、顔を伏せた。

教会の前まで来ると、リュウリは私を下ろし門をくぐった。庭には柵が設けられていて、中に猫たちがいた。皆傷ついたり、汚れていたりする。片足がない子もいて、どんなひどい目にあったらこうなるのだろうと胸が痛くなった。私は猫をなでながら、かたわらに立つリュウリを見上げた。

「この子たち、誰にももらわれなかったらどうなるんですか？」

「処分される」

きっぱりと告げられた言葉に、私は息をのんだ。それから再び柵の中に視線を移す。全員連れて帰りたいけれど、それは無理だ。リュウリは箱を持ってきて、しょんぼりしている私に見せた。

私は箱の中でみーみー鳴いている子猫たちを見て目を輝かせる。

「か、かわいい」

小さな体を抱き上げてメロメロになっている私を見て、リュウリはふっと笑った。

こないだは他人行儀だったけど、今日は優しいな。いや、リュウリはもともと優しいのだ。

そういえば――ヨークの姿がない。どこにいるのかと尋ねたら、リュウリは眉を寄せてこう言った。

「今日は来ていない。具合が悪くていらっしゃるんだ」

「え……っ」

こないだはあんなに元気そうだったのに。心配する私に、リュウリは穏やかな声で言った。

「君が気に病むことではない」

「でも……あ、そうだ」

私はカバンを探って、ポーションを取り出した。

「これ、ヨーク様に渡していただけませんか。体力回復と治癒の効能があります」

「すまないが……彼にはお抱えの薬師や料理人がいる。外部の人間が作ったものを口にしてはいけない決まりだ」

「そ、そうですか」

私は赤くなって、ポーションをしまい込んだ。ヨークは高貴な家柄の、将来を担う大切な人なのだ。街の人たちみたいに、なんでも口にできるわけではないんだ。出しゃばろうとした自分が恥ずかしい。

そそくさと帰ろうとすると、リュウリが箱を持ってきた。なにかと思ったら、中には猫缶すぺしゃるデラックスが詰められていた。

「これを持っていけ。ペンが『食べさせろ』とうるさいだろう」

「わあ、ありがとうございます」

そういえば、リュウリさんはどうしてペンが話すことを知っているのだろうか。そう思って尋ねてみる。

「あの、リュウリさんはペンが何者なのか知ってますか」

「前の店主が拾ってきた猫で、なぜか話すということしかわからないな」

そうなんだ……まさか、本人が言ってるように本当に伝説の勇者だとは思えないけど。

リュウリは私を竜に乗せて、ドラゴン薬局まで送ってくれた。せっかくなのでお茶を飲んでいくように誘ったけれど、リュウリはかぶりをふって誘いを辞退する。

「今は任務中だ」

早くヨークのところに戻りたいのかもしれない。リュウリが守るべきなのは彼だから。店に入ろうとしていたら、リュウリが懐からなにかを取り出して私の髪につけた。触れてみると、凹凸を感じられた。

これは……髪飾り？

私は目をまたたいてリュウリを見る。

リュウリはなにも言わずに踵を返して去っていった。

ドラゴン薬局の入り口のドアを開け、カウンターに箱を置く。缶詰を取り出していると、目を輝かせたペンが突進してきた。

「猫缶すぺしゃるデラックスやーっ」

早く早くと急かされるのをなだめながら、缶の中身を餌入れにあける。ペンは待ちきれないと言わんばかりにがっついていたが、ものすごい顔をして食べたものを吐き出した。

「かーっ、まずいっ」

「え？　どうして？　これ好きなんでしょ」

「全然味が違うがなっ。こんなもんいらん！」

ペンはご立腹の様子で階段を駆け上がっていった。

いったい、どういうことなんだろう？　あんなに猫缶すぺしゃるを食べたがっていたのに、残して二階に行ってしまうなんて。

私は二階に上がっていき、ペンを捜した。

「おーい、ペン。どこに行ったの？」

ペンはベッドの上で丸くなって寝息を立てていた。私はあきれながら彼の寝顔を眺めた。

猫っていいなあ。食べて寝ていればいいんだから。

ふと思いついて、鏡台を覗き込む。髪には、市場で見かけた花の髪飾りがつけられていた。

リュウリさん、わざわざ私のために買ってきてくれたんだ。そっけなくなった理由はわからないけど、やっぱり優しい人だ。

私は気分を高揚させ、鼻歌交じりで階下へ向かった。


翌日、私はペンと一緒に買い物に出かけた。八百屋さんと雑貨屋さんに行って、必要なものを購入する。ペンが陳列された猫缶すぺしゃるの前からまったく動こうとしないので、仕方なくひと缶購入した。パン屋にも行きたかったのだが、ペンに帰ろうと急かされて仕方なく帰宅した。

薬局に戻るなり、ペンは雑貨屋で買った猫缶すぺしゃるを全部平らげた。私は空の餌入れを見て首をかしげた。ゴールド薬局で購入したものと、いったいどこが違うっていうんだろう？

疑問を解消するために、薬局で買ったポーションを調べることにした。成分を抽出し、マジックグラスを使って分析してみる。ポーションはほとんど水でできていた。その水がなにか特殊なものなら問題ないのだけれど、普通の井戸水のようだ。おそらく普通のポーションを五倍くらいに薄めているのだろう。これを飲んでも効果はないだろうと思っていたら、ペンが私を見上げてにゃあと鳴いた。

「にゃー、エリー。わいおもちゃが欲しい～」

「おもちゃ？　そんなの買うお金ないよ」

「たしかどっかに、わいのボールがしまってあるはずや」

もう、こっちは忙しいのになあ。

私はペンの案内で納戸に向かう。納戸の中を捜していたら、目あてのボールが見つかった。ペンにはしばらくこれで遊んでいてもらおう。

ペンにボールを与えて、実験の続きを始める。しかし、ペンはすぐに遊ぶのに飽きてしまった。彼はごろごろと喉を鳴らして私の足にまとわりついてくる。

「にゃーエリ～。どっか行こう～」

さっき買い物に連れていったばかりなのに、どこに連れてけというの。……そう思っていたら、カランカランとドアベルの鳴る音が響いた。

もしかして、客？

私は急いで出入り口の方へ向かった。店に入った私はギクッと肩を揺らす。そこにいたのはパン屋の店主だった。冷や汗をかいて固まっていると、彼がじろっとこちらを睨んできた。

「薬はないのか」

「あ、回復ポーションなら……」

「ここは二十番街だぞ。冒険者なんぞ来ない。普通の薬を作ってくれ」

「処方箋があればお作りしますが」

「そんなもんはない。医者に行くほどじゃないから薬を買いにきたんだろ」

彼は苛立った口調で言ってこちらを睨んだ。

こ、怖い。

私は震えながら、患者の特徴を聞いた。

パン屋の店主は、患者は女性で妊娠中だと話した。今朝から吐き気で食欲がないため、吐き気止めが欲しいのだそうだ。私は少々お待ちくださいと言って、急いで厨房に入る。

吐き気止めを作って店に戻ると、パン屋の店主の姿が消えていた。

あれ？　どこに行ったんだろう。

キョロキョロしていたら、カウンターの上にいるペンが口を開いた。

「あのおっさんなら帰ったで」

「え⁉」

「時間がかかりすぎ言うてた。ゴールド薬局行くらしいで」

そんな……せっかく作ったのに。今から追いかければ渡すことができるだろうか。私は急いで店を出て、ゴールド薬局に向かった。薬局にたどり着くと、買い物を終えたパン屋の店主が出てくるところだった。彼はちらっと私の方を見て、「なんでここにいる」と言った。私は怯えながら、調剤した薬を差し出した。

「あの、これ……作ったんですが」

「もういい。あんなに時間がかかるのなら、最初からここで買えばよかった」

彼はそう言ってさっさと歩いていく。私は薬を手に立ち尽くしていた。これじゃ完全に無駄骨だ。

先にお代をもらえばよかったな……。

がっかりしながらドラゴン薬局に戻る。

ここは調剤薬局ではないし、ギルド街の末端にある店だ。それほどの効力がなくても、すぐに提供される薬の方がいいということなのかもしれない。そう考えた私は、すぐにポーションを作って陳列してみたが、客は来なかった。その時、頭に浮かんだのはリュウリの姿だ。そういえば……昔宮廷に卸していたって記録があったよね。

リュウリさんに……いや、竜騎士団にポーションを使ってもらえたら確実な売上が見込める。それに、竜騎士団が使って効力があるとわかれば、二十番街でも客が来るんじゃないだろうか。

私は足もとのペンに尋ねてみた。

「ねえペン、宮廷の行き方って知ってる？」

「わいはなんでも知っとるで」

なんでもというのは誇張だろうけれど、突っ込まないでおいた。

私はポーションをカバンに入れて、ペンと共に宮廷へ向かった。宮廷はギルド街から馬車で十分ほど行ったところにあった。王都で一番長くて大きいバンス川にかけられている石橋を渡ると、美麗な宮廷への入り口が見えてくる。馬車を降りて門の前に立つと、門兵が怪訝な顔でこちらを見てきた。

「なんだおまえは」

「私、薬師のエリーと申します。竜騎士団長のリュウリさんにお目通りしたいのですが」

「おまえのような子供がなんの用だ」

「えっと……」

言いよどんでいると門の向こう、リュウリがこちらにやって来るのが見えた。私はぴょんぴょんと跳ねてリュウリに合図した。リュウリはちらっと私の方を見て、門兵に開けるよう告げた。すると、すぐに門が開いたので中に足を踏み入れる。

ペンはといえば、門兵に入るのを止められてしまった。庭園や菜園を荒らされてはいけないので、宮廷にはむやみに動物を持ち込めないらしい。

「なんでやーっ、わいも行くーっ」

私は、門の外で叫んでいるペンに内心で謝った。ごめんねペン……。

リュウリは私を応接室へと連れていった。

「お時間いただいてありがとうございます」

ぺこっと頭を下げると、なんの用かと尋ねられた。やっぱり、なんとなく冷たい気がする。

髪飾りをくれたのは気まぐれだったのだろうか。いや、今は仕事の話をしにきたのだ。私は気を取り直し、身を乗り出す。

「あの、ドラゴン薬局は昔宮廷に薬を卸してましたよね」

「ああ……それで？」

「また仕入れていただけないかと」

「私の一存ではなんともならない」

すげない言葉にめげそうになったが、必死に言い募った。

「では、リュウリさんの上官様に奏上願いたいのですが」

「正気か？　私の上はザンガス国王及び王子だぞ」

とにかく必要ないから帰れと言って、リュウリは立ち上がった。私は慌てて彼を追いかける。

リュウリは足が長くて、なかなか追いつけなかった。

「あのっ、リュウリさん。なにか怒ってらっしゃいますか」

リュウリはぴたりと立ち止まって、こちらを振り向いた。私を見る漆黒の瞳は冷たく光っている。

どうしてだろう。こないだはもっと温かい目をしていたのに……。

「怒ってなどいない。宮廷にはきちんと薬師がいて、君は必要ないというだけだ」

「必要、ない……」

「そうだ。日が暮れる前に早く帰れ」

リュウリは足早に歩いていった。必要ないという言葉に、私は打ちひしがれていた。

――もうおまえ、いらねえから。

別れ際に言われたディアの言葉が、頭の中に反響した。

とぼとぼと宮廷を出ると、門前で寝転んでいたペンが声をかけてきた。

「どーしたんやエリー。しょぼくれた顔して」

「リュウリさんに断られちゃって」

「一回拒否されたくらいで落ち込んどって、どーすんねん。気合見せーや」

ペンに根性論を説かれると妙な感じがするけど、たしかにこれくらいであきらめるわけにはいかない。

購入を断られた翌日から、私は毎日宮廷へ向かった。ペンは宮廷に入れないので、店番をしてもらうことにした。

リュウリは私に会ってはくれなかったけれど、かまわずに門の前で待った。長期戦になりそうだったので、お弁当を持参して食べていると、雨が降りだした。雨に濡《ぬ》れても動こうとしない私を見て、門兵は辟易したような顔になった。

「頑固な小娘だな……」

「お願いします、リュウリさんを呼んでください」

その時、ガラガラと音を立てて馬車がやって来た。漆塗りに金彩《きんだみ》が施してある豪華なもので、扉のところに王家の紋章が描かれている。門兵は慌てて頭を下げて、私の腕を引いた。

「おい、どけ」

「えっ、わあ」

よろめいた私は転んで水たまりに突っ込んだ。兵士はあきれた顔でかぶりを振っている。

うう、なんて惨めなんだろう。

ふと、馬車が開いて中にいた人物が降りてきた。私はその人を見て目を丸くする。金髪碧眼の美少年。

「ヨーク、様？」

彼は従者に渡された傘を手にし、私に差しかけた。

「大丈夫？　エリー」

「は、はい」

私はヨークに手を借りて、のろのろと立ち上がった。服は水を吸って重くなっている。

これ、一張羅なのに……。

ヨークはべそをかいている私を連れて門をくぐった。門兵は慌てていたが、ヨークが下がるように言うと、しぶしぶながらその場に留まった。

いったいヨークは何者なのだろう。門兵への態度といい、あの紋章といい、まさか王家の人？


宮廷に入った私は、侍女たちの手によってストライプのワンピースに着替えさせられた。

侍女に連れられて客間に向かうと、彼は優雅に紅茶を飲んで待っていた。ヨークは私に視線を向けて微笑みかけてくる。

「よく似合うね。それは母の幼少の頃の服なんだ」

「ヨーク様のお母様って……」

「僕が五歳の時に亡くなったよ」

「そう、ですか」

「君も身寄りがいないそうだね。リュウリに聞いたよ」

どうしてあんなところにいたのかと尋ねられて、私は目を伏せた。

「ポーションを竜騎士団に使っていただこうと思ったのですが……リュウリさんに嫌われてしまったようで」

「リュウリに？」

「はい。私、なにかしたのかなあ」

しょんぼりしている私を見て、ヨークは首をかしげた。

「彼は好き嫌いで人への対応を変える男じゃないよ。よくも悪くも真面目だからね」

「じゃあ、やっぱり押し売りが迷惑だったのかもしれません」

私はカバンから取り出したポーションを机の上に置いた。ヨークはそれを手にしてふうんと相づちを打った。

「じゃあ、これ僕が使おうかな」

「えっ」

「だってせっかく作ったのに、もったいないだろう？」

使ってみてよかったらまた注文すると言われ、私は目を輝かせた。しかし、リュウリの言葉を思い出してかぶりを振った。

ヨークにはむやみに薬を飲ませては駄目だと言われたんだった。彼はおそらくこの国を継ぐ人なのだから。

ヨークは不思議そうな顔で私を見ている。

「どうかした？」

「あの……ヨーク様にはお抱えの薬師がいるって、リュウリさんがおっしゃっていました」

「そんなの、バレなきゃいいんだよ」

ヨークはあっけらかんとした口調で言った。本当かなあ。勝手にヨーク様にポーションを渡したことを知られたら、リュウリに怒られるんじゃないだろうか。私が迷っていたら、ヨークが顔を覗き込んできた。びっくりして身を引くと、彼が微笑んだ。

「効き目に自信があるから、持ってきたんじゃないのかな？」

「じ、自信はありますが」

「ならいいじゃない。ただし、効果がなかったらリュウリに推薦しないよ」

「はい、もちろんです」

私は真面目な顔でうなずいた。


ヨークは私のために馬車を手配して、ドラゴン薬局まで送ってくれた。ストライプのワンピースを着て戻ってきた私を見て、ペンがかわいいと褒めてくれた。照れている私に、ペンが尋ねてくる。

「んで、ポーションは使ってもらえるんか？」

「ヨーク様次第みたい」

「ヨークって……この間のガキかいな」

ガキって、あの方は偉い貴族様なのに。ペンはどうやらヨークを警戒しているようだ。ああいう得体のしれないガキの前ではしゃべらないんや、とか言っている。だからこの前話さなかったのだ。ヨーク様はおそらく王子なのだろうけど、ペンは気づいてないようだ。彼よりも私の方がよっぽど得体が知れない子供である。

その夜、寝間着に着替え終えた私はストライプのワンピースを広げた。

お母様の形見なんだし、すぐ返さなきゃ。


後日、ドラゴン薬局にリュウリがやって来た。ペンに餌をやっていた私は、慌てて彼のところに向かう。リュウリは私をじっと見て尋ねてきた。

「ヨーク様にお会いしたのか」

その声には若干不機嫌な色が滲んでいた。勝手に会ってポーションを渡したことをよく思っていないのだろう。私は慌てて頭を下げる。

「も、申し訳ありません。たまたまお会いして……」

リュウリがため息をついたので、私はびくっと震えた。視線を泳がせていると、彼が口を開いた。

「あの方は、君の作ったポーションを大変気に入っている。あれを飲んだら体が軽くなるとおっしゃっていた」

その言葉に、私はぱっと顔を明るくした。でも、ヨーク様が気に入ったとしても、リュウリに認めてもらわなければ、この先ポーションを王宮に持ち込むことはできない。どう思っているのだろう。おずおずと見上げると、彼が眉を寄せた。やっぱり駄目なのかな。私はぎゅっと拳を握りしめた。

「以前、ドラゴン薬局は宮廷に薬を卸していたのか？と尋ねただろう」

「は、はい」

「それは事実だ。ここは宮廷御用達の店だった。だが宮廷薬師が増えてきて、店に注文する必要がなくなった。それは陛下のご意向でもある」

リュウリはまっすぐな目でこちらを見た。

「この店を君に任せた責任は感じている。だからといって注文を再開するとは言えない」

そうだよね。そこまで世話してやるなんて、リュウリは言っていないのだから。

私がうつむいていると、リュウリは懐から出したポーションをいくつかテーブルの上に置いた。どれも瓶の形が違うので、いろいろな店で買ったのだろう。リュウリは瓶についているラベルを指差した。

「これは宮廷薬師が作ったポーションだ。さすがに効き目がよく、素晴らしい出来だ。ほかは一般の店で売られているもので、出来は劣るが在庫が豊富でいつでも手に入る」

「はい……」

リュウリはポーションの中からひとつを選んで手に取った。

「これは君が作ったものだ。宮廷薬師のものとどちらがいいか、竜騎士団の連中に試してもらった」

「それで……」

「宮廷薬師が作ったものは効き目はいいが即効性がない。君の作るポーションは即効性がある。それは俺が身をもって知っている」

ヒドラの毒に冒されたリュウリは、ポーションを飲んで回復した。でもあれは、リュウリの回復力の高さも関係している気がする。リュウリは淡々とした口調で言った。

「しかし、それだけでは推せない。ただの薬師である君は、宮廷薬師に比べて不利なんだ。なにかもっと、圧倒的に素晴らしいと思えるなにかがないと──」

圧倒的に素晴らしいと思えるなにか……。ほかのポーションにはない特徴ってことだよね。

また一週間後に来るので、その時までに考えろと言われた。私はリュウリを店の外まで見送って尋ねた。

「あのっ。リュウリさんがほしいと思うポーションって、どんなものですか？」

「そうだな……私は防御力を高めたい」

防御力かあ。

私はマジックグラスでリュウリの能力を見た。たしかにMPに対して防御力が弱く見える。

でも、高めたい部分って人それぞれだよね？

私はリュウリに、竜騎士団の人たちのデータがほしいと言った。


それから一週間、私はろくに寝ずにポーション作りに勤しんだ。一日のほとんどはデータ分析と試薬品作りに費やされた。

この感じ、久しぶりかも……。

リュウリがやって来た時には、ふらついて意識がぼんやりしていた。私の顔色を見て、リュウリは眉を寄せた。

「大丈夫か？」

「はい。これ、作ったものです」

私は五つのポーションをテーブルの上に置いた。リュウリはポーションを見て目を瞬いた。

「これは……」

「竜騎士団員の特徴を分析して、五つのポーションを作りました。瓶の色で分けてあるので、好きなものを選んで飲むようにしてください」

「これを一週間で……ちゃんと寝ているのか？」

「大丈夫です、三日徹夜するくらいなら余裕なので……」

へらへらと笑った私を見て、リュウリがため息をついた。またあきれられてしまったのだろうか……そう思っていたら、彼が表情を和らげた。

「まだ試用段階だが……君の作ったポーションを竜騎士団で使ってみよう」

私はぱっと顔を明るくした。

「ありがとうございま、す……」

リュウリはうとうとしている私を抱き上げて、二階に連れていった。ベッドに横たえられた私は、ぼんやりとリュウリを見上げる。

「すみません、なんだか眠くて」

「あたり前だ。なぜこう無茶をする」

「リュウリさんの、役に立ちたくて」

リュウリは黙って私に布団をかけた。そのまま戸口に向かおうとする。

あ、帰っちゃうんだ……。

とっさに彼の裾を掴むと、リュウリがこちらを振り向いた。私は慌ててリュウリの裾から手を放した。彼は椅子を引き寄せて、ベッドサイドに腰掛けた。リュウリは私の頭をなでてやわらかい声で言った。

「眠るまでついているから、早く寝なさい」

「すみません……」

「君は謝ってばかりだな」

そうだ、私は謝ってばかりの人生だった。ヨークが言っていた。人に勧めるからには自信があるんだろうって。誰にも必要とされなくても、ポーション作りだけには自信と誇りが持てる気がした。

「リュウリ、さん……」

「ん？」

「手を握っても、いいですか」

彼はなにも言わずに私の手を握った。その手は温かかった。私は彼の手を握ったままで、うとうとと眠りに落ちていった。


ぐっすり寝込んで、目覚めたら翌日の昼だった。リュウリの姿は当然なくて、メモ書きが残されていた。

とりあえずポーション二十個を用意してくれとのことだった。疲れはさっぱり吹き飛んでいたので、張りきって竜騎士団のためのポーションを作った。店にもポーションを置いていたのだが、相変わらずひとりも客が来なかった。

リュウリさんが支度金を用意してくれたから、当面の間お金に困ることはないけど……。なんだか寂しいなあ。

それから数日後、リュウリが店を訪ねてきた。私はちょうど厨房でほかの店のポーションを分析していた。

「実験か」

リュウリが私の手もとを覗き込んでくる。

うわあ、まつげ長いなあ……。

私がぼうっと見とれていると、彼が不思議そうに首をかしげた。私は慌てて視線をそらす。

やばい、変な子供だと思われてるかも。

「ほかの店のポーションを調べてたんです」

「なにかわかったか？」

「どこも価格とつり合った品で、ちゃんと作ってあると思います。ただゴールド薬局のポーションは……値段が安いだけあって効力がほとんどないです」

「あの薬局は評判がよくないからな」

なのにどうしてあんなに混んでいるんだろう？　ほかにも薬局はあるのに。

私の疑問に、リュウリが答えた。とにかく安いので、客が大勢来るのだそうだ。

客が来ればなんでもいいってこと……？

私は、先日雑貨屋で買ってきた缶を持ってきた。

「あの、これ雑貨屋さんで買った猫缶すぺしゃるデラックスなんですけど……ゴールド薬局のものと比べると、ペンの食いつきが全然違うんです」

「だってまずいんや。全然別物やで」

ペンは苦虫を噛んだみたいな顔をしている。まったく同じ商品なので、品質に違いがあるなんてことありうるのだろうか。私がそう思っていると、リュウリがぽつりとつぶやいた。

「もしかして……中身だけほかのものにすり替えてるんじゃないのか」

「えっ」

「もともと、ヨーク様はあの薬局が基準に満たない薬を売っていると聞いて、視察に行かれたんだ」

そうだったんだ。たしかに、あの店に見るべきものなんてないって言ってたっけ。

リュウリがゴールド薬局に行くというので、私もついていくことにした。ペンに留守番を頼んで、目的地に向かう。中に入ると、店長が店員に怒鳴っていた。

「客のクレームなんて無視しろっ」

「し、しかし……うちで買った化粧品でひどい湿疹ができたとおっしゃってるんです」

「そんなもの言いがかりに決まってる。そもそもアレルギーが起きるほどたいした成分は入ってないんだからな」

リュウリに気づいた店長が、愛想笑いを浮かべてこちらにやって来た。

「お客様、なにをお求めですか？」

「この猫缶、中身をすり替えている疑いがある」

リュウリはそう言って、店長に猫缶を突きつけた。店長はふんと鼻を鳴らす。

「言いがかりはよしてもらえませんかねぇ」

「それとっ、ここで売ってるポーション、ほとんど水です。これじゃ回復なんてするわけないです」

私はリュウリの脇から顔を出して口をはさむ。

「べつにいいだろう。納得しなかった人は二度と買わないんだから」

店長はそう言って鼻を鳴らした。そういう問題ではないはずだ。冒険者は命をかけて戦っている。いざという時にポーションが効かなかったら、命を落とすことだってあるのだから。

「お金儲けするために薬を売るべきじゃないです」

「いったい誰なんですか、この子供は」

店長はじろっと私を見る。リュウリが援護射撃してくれた。

「彼女は一流の薬師だ。この子に言わせれば、この店のポーションはただの水同然だそうだが」

「はっ、なんの証拠があって言っている」

「私の作った回復ポーションと比べてみればわかります」

私はカバンから出したポーションを店長に突きつけた。店長はそれを奪い取って、じろじろと見る。

「子供が作ったポーションなんて、飲めたもんじゃないだろう！」

「じゃあ、この店の店頭で販売させてください」

「なんだと？」

「私のポーションの方が売れたら、この店のポーションを引っ込めてください。あと、猫缶すぺしゃるデラックスも！」

「馬鹿を言うな。なぜそんなことしなきゃならんのだ」

店長はしぶっていたが、周りの客がこっちを見ているのに気づいて咳払いした。

「ふん……そんなに言うならやってみればいい。ただし売れなかったら、二度と顔を出すんじゃないぞ」

私はリュウリに手伝ってもらい、店の前にテーブルを設置した。試飲用のポーションを用意して客を呼び込む。何人か客が寄ってきたけれど、私が作ったものだとわかると、試飲もせずに去っていく。そうこうしているうちに、雨が降りだした。買い物客も減って、店頭に寄ってくる客もいなくなってきた。

なんとかして、客を呼べないだろうか。

焦っていたら、一台の馬車が店の前に止まった。中から従者が降りてきて傘を広げる。傘の下、こちらに歩いてくるのはヨークだ。

「やあリュウリ。こんなところにいたの」

「ヨーク様……」

リュウリはバツが悪そうな顔をしている。私はヨークに、もう具合はいいのかと尋ねた。

ヨークはうなずいて、私ににこっと笑いかけてきた。

「とってもよく効いたよ、君のポーション。ひとつくれる?」

「はいっ!」

私はヨークにポーションを渡し、くいっとリュウリの袖を引いた。身をかがめたリュウリにこっそりささやく。

「リュウリさん、私はもう大丈夫です。ヨーク様についてってあげてください」

「いや、しかし……」

私がうなずいてみせると、リュウリは無言でヨークと共に立ち去った。

ぬっと影が落ちたので顔を上げると、傘を差したパン屋の店主がこちらを見下ろしていた。

私はびくっと震えて視線をさまよわせる。

なんだろう。なにか文句を言われるのかな……。

店主はポーションをひとつ買って、なにかをすっと差し出してきた。

これって……パン屋のスタンプカード?

スタンプはすでにひとつ押されている。わけがわからず、思わず店主を見上げた。すると彼は私の頭をなでて、そのまま去っていった。

私は目を瞬いて、スタンプカードを見下ろした。これってまた店に来いってことなのかな？

いつの間にか、テーブルの前には人だかりができていた。試飲した冒険者が気に入って大量に買ったのがまたたくまに口コミで広がったらしい。

それから、ポーションは二時間で完売した。

よかった。これで粗悪品のポーションが売られずに済む。

店長は私をバックヤードに呼んで、椅子にふんぞり返った。彼は爪やすりで爪を磨きながら尋ねる。

「ヨーク様とやけに親しいようだな。おまえはいったい何者だ？」

「私はただの薬師です。ドラゴン薬局を立て直す役目を負っていて……」

「ドラゴン薬局？　ああ、あのカビの生えた薬局か」

店長は馬鹿にしたように鼻を鳴らした。住まいをそんなふうに言われて、私はむっとする。

「あの、約束を守ってもらえますよね？」

「ああ、あのゴミポーションは引っ込める。あとおまえのポーション、うちの店に置いてやってもいい」

「え、本当ですか」

「ただし、利益の分配はこっちが六割だ。売れなかった場合は配当はゼロだぞ」

店頭であれだけ売れたのだから、ゼロということはないだろうと思った。店長はこちらに爪やすりを向けてくる。

「ただし、うちのポーションや猫缶のことは黙っておけよ」

「はい。でも、もうあんな粗悪品を売らないでくださいね」

そう言ったら、店長は鷹揚にうなずいた。ちょっとお金にうるさそうだけれど、意外といい人なのかもしれない。

私は明後日《あさって》までに二百個のポーションを届ける約束をして、ドラゴン薬局に戻った。


店のカウンターの上で寝そべっているペンに声をかける。

「ペン。偽物の猫缶すぺしゃるは引っ込めるって」

「ん～、そうか～」

なんだか寝ぼけているみたいだ。リアクション薄いなあ。ペンのためにやったことでもあるんだけど。とにかく、急いでポーションを作らないと。

私は銀髪をシュシュで結んで、台所へ向かった。ポーションを作っていると、寝ぼけ眼のペンがよたよたとこっちに歩いてきた。

「エリ～、にゃにしてるんや?」

「ポーションを作ってるのよ。ゴールド薬局に置いてもらえることになったの。明後日までに二百個」

「二百っ……!?　そんなのできるんか？」

「ペン、手伝ってよ」

もちろん冗談だったが、それから二日間は実際に猫の手も借りたいほど忙しかった。ほとんど寝ずにポーションを作り終え、リヤカーにのせて薬局まで運んでいく。

ゴールド薬局にたどり着くと、店長がバックヤードでお金を数えていた。私の視線を感じたのか、金庫にお金をしまって咳払いする。

「ポーションができたのか」

「あ、はい」

私はポーションが入った箱をテーブルに置いた。店長のチェックを受け、無事に納品が完了する。

早く帰って寝よう……。

私はゴールド薬局を出て、ふらふらとドラゴン薬局に戻っていった。

カウンターに突っ伏して寝ていると、薬局のドアがカランカラン、と開く音が響いた。

誰か来たのかな……？　起きなくちゃ、と思うけれど体が重くて動かない。

ふわっと頭に温かい感触が伝わる。

――エリー。

この声……誰だろう。なんだか聞いたことがあるような気がするけど、意識がぼんやりしていてはっきり聞こえない。

——ごめんね。エリー。

優しい声と頭をなでる手に、私は頬を緩めた。私は曖昧な意識の中で、顔も知らない母親を思い出していた。手を伸ばすと、なめらかな指先に触れた。その人はびくっと震えて手を引く。

行かないで……。

指を伸ばしたのもつかの間、その人は店を出ていってしまった。

目覚めると、窓の外はすっかり暗くなっていた。私はカウンターの上のペンに尋ねる。

「ねえ、誰か客来なかった?」

「わいは寝とったで知らん～」

ペンはあくび交じりにそう答えた。

ペンも寝てたの? せっかく客が来たかもしれなかったのに。

がっかりして肩を落としていると、ペンが口を開いた。

「なあエリー。あのゴールド薬局とかいうとこ大丈夫なんかいな? 子供に徹夜させるとか鬼畜やで」

「大丈夫だよ。それだけ私に期待してるってことだろうし」

「そうなんか?」

ペンは首をかしげて、しゅるんとしっぽを丸めた。

その二日後、私は次のポーション納品をするためゴールド薬局へ向かった。

どれくらい売れたかなあ。

期待しながら店長の前に座る。店長は爪を磨きながらゼロだ、と言い放った。私はぽかんとした後「えっ」と声を漏らした。

それって……どういうこと？

「だから、全然売れなかったんだよ。配当金はなしだな」

店長は削った爪をふっと吹いて、ソファから立ち上がった。私は慌てて店長にすがりつく。

「ま、待ってください。本当に一個も売れなかったんですか？」

「そうだよ。嘘をついてどうする？」

「だって、それなら売れ残りのポーションがあるはずですよね？」

「そんなの捨てたに決まってるだろう？　うちだって在庫を置くスペースは限られてるんだからさ」

嘘——徹夜してまでがんばったのに。絶句していると、店長が私の隣に腰を下ろした。彼は私の肩に腕を回してささやいてくる。

「で、どうする。もう一回チャレンジするかね」

「でも、売れなかったら利益ゼロなんですよね」

「もちろんだ。でもカビの生えた店で売ったって同じことだろう」

たしかに、この店で売って駄目なら、うちで売り出しても無駄な気がする。どうしよう……。

困っていたら、店長がうちはどっちでもいいんだけどねと言った。聞けば、提携したがっている店はたくさんあるという。私が即断しないと、ほかの店のポーションを置くというのだ。

私は膝の上でぎゅっと拳を握りしめた。

「お願い、します……」

そのまま帰ったふりをして、こっそりと商品棚の陰に隠れた。店頭にテーブルが設置されて、私の作ったポーションが並べられる。順調に売れているようだ。

様子をうかがっていたら、ぽんと肩を叩かれた。びくっと震えて振り向くと、店員さんがこっちを見ていた。

あれ、この人店長さんに怒られていた人だ。

その人は私を手招きして、バックヤードに導いた。彼は周りに誰もいないのを確認すると、売上データを見せてくれた。それを見てぎょっとする。ポーションは、五時間で完売したと書かれていたのだ。

これってどういうことなんだろう？

不可解に思って顔を上げると、店員さんは苦い顔をしていた。

「まったく売れなかったというのは店長の嘘です。うちの化粧品に苦情を言ってきた客も、これを飲んだら肌荒れが治ったって絶賛していました」

「そ、そうですか」

「うちなんかにポーションを持ち込むべきじゃないです。足もとを見られるだけですよ」

店員はそう言って、そそくさと去っていった。私はその場に立ち尽くす。

私は騙されたってことなんだ……。

ぐっと拳を握りしめ、店長のもとに向かう。応接室の扉を押し開けると、店長が顔を上げた。

「ああ？　なんだおまえ、まだいたのか」

「お金、ちゃんと払ってください」

「は？」

「ポーションは全部売れたって、店員さんに聞きました」

店長はちっと舌打ちし、こちらにやって来た。それから私の襟首を掴み上げる。ジタバタと手足を動かしていたら、店長がせせら笑った。

「おまえみたいなガキの言うこと、誰が信じると思う？」

「リュウリさんは信じてくれますっ」

「勉強代だと思ってあきらめな」

放り投げられた私は、床に倒れた。夕暮れの中、リヤカーを引いてとぼとぼとドラゴン薬局に戻る。

私って、この世界に来てから騙されてばっかりだな。今度こそ、新しい人生がスタートできるって思ったのに。

ふと、いい匂いに惹かれて足を止める。顔を上げると、『プリオール』の看板が見えた。あ、あのパン屋……。私はごそごそとポケットを探って、スタンプカードを取り出した。

「スタンプを十個集めると、食パン一斤プレゼントか……」

ひとりじゃ一斤なんて食べきれないかもと思いつつ、リヤカーを置いてパン屋に入る。気分が落ち込んでいたので、おいしいものを食べて気力を高めたかった。私の姿を見て、カウンターの中にいた奥さんがにっこり笑った。

「あら、こないだの子ね」

「はい……あの、ご主人からこれをもらって」

スタンプカードを差し出すと、奥さんがああ、と相づちを打った。

「珍しいわねえ。あの人が店の外で客に声をかけるなんて」

たしかにあんまり愛想のない人だった。最初は怖い人だと勘違いしたくらいだからと思っていたら、ぐるるとお腹が鳴った。羞恥に頬を熱くしていたら、奥さんが食べていったらどうかと勧めてくれた。店の端っこにはイートインコーナーがあって、買ったパンを食べられるようになっている。私はいくつかパンを選んで、会計を済ませた。

牛乳を飲んでメロンパンをかじると、なんだかほっとした。ここの店のパンって、あったかい味がする。コンビニのパンとは違う、手作りの味。

奥さんが「おかえり」と言ったので視線を店の入り口に向けると、店の出入り口から店主が入ってくるところだった。店主は私の方を見て、「来たか」とつぶやいた。彼はまっすぐこちらに歩いてきて、じっと私を見下ろした。

「ゴールド薬局で働いてるんだろう。ドラゴン薬局は辞めたのか」

そうか、店主は私があの薬局で働いてるって思ってるんだ。

「いえ、ドラゴン薬局はまだ営業中です。こないだは、たまたま出張したっていうか」

「でも、ゴールド薬局であんたのポーションが売られてたぞ」

「あれは……騙されちゃって」

ことの顛末を説明すると、店主が眉をひそめた。

「そりゃ、詐欺ってことか」

「私が悪いんです。よく考えずに契約をしたせいで」

「子供を騙すなんざ、許せん。俺が苦情を言ってやる」

彼が大股で歩いていこうとするので、私は慌てて引き止める。

「いいんです。粗悪品のポーションを売られるよりは」

私の話を聞いた店主と奥さんは憤っている。

「あの店では二度と買い物せん」

「そうね。便利だけど、そんな店なら行かない方がいいって、客にも言っておくわ」

その言葉に、私はピンときた。

この店って近所の人がたくさん来るんだよね。じゃあ、ここにポーションを置いてもらえば、少しは宣伝になるかも。

私はおずおずと、ポーションを少し置いてくれないかと頼んだ。奥さんたちは私の話に同情してくれたのか、ふたつ返事で了承してくれた。

よかった。

ここの人たちなら信用できる。それに、この店に来たおかげで暗い気分がましになった気がした。


翌日、さっそくポーションを二十個作ってパン屋に持っていった。

ドラゴン薬局に戻って店番をしていたら、パン屋の店主がやって来た。彼は少し興奮しているように見えた。

「あんたのポーション、もう全部売れちまったよ」

「え……本当ですか？　まだ一時間しか経ってないのに」

「昼時なんで客が多くてね。これ、代金だ」

店主はポーション代を全部渡してくれた。私は何割か払おうとしたけれど、受け取ってもらえなかった。パン屋にポーションを置いてもらえるのはありがたい反面、こんなに甘えてもいいのかなと、少し申し訳なく感じた。

「次は五十個、頼めるか」

「そんなに置いてもらっていいんですか？」

「ああ。薬局のチラシとかないのか。うちの店に貼ってやる」

パン屋の店主は、積極的にそう申し出てくれた。

見かけによらずいい人なんだなあ。チラシかあ。客を呼ぶにはそういうのも作らないといけないんだよね。とりあえずポーション作りのため、薬草を買い足さないと。

必要な材料を書き出している私に、床をごろごろと転がりながらペンが話しかけてきた。

「忙しいやん、エリ〜。リュウリに手伝ってもらえばええのに」

「リュウリさんの方が忙しいよ。竜騎士団長なんだもん」

「最近平和やし、そうでもないんやないの〜」

「チラシ作り、ペンがやってくれてもいいんだよ？」

「猫だからできないんや」

ペンはそう言って、ぴゅっと二階に逃げていった。

まったくもう、こういう時だけ猫ぶるんだから。

私はため息をついて、買い物メモを手に街へ出た。

第三章　万能ポーション

「うーん……」

チラシを作るにあたって、私は悩んでいた。

うちの店って、なにを売りにすべきなんだろう。

ゴールド薬局みたいに、品揃えが豊富なわけでも安いわけでもない。

私が思うに、店を繁盛させるためにはオンリーワンが必要なのだ。つまり、オリジナルポーションの開発である。

前世で勤めていた会社では、ナンバーワンでなくオンリーワンを目指せと言われていた。一見いい響きだが、少しでもアイデアがほかとかぶってしまうとこき下ろされた。今思えば完全オリジナルの商品など存在しない。商品をヒットさせるには、ちょっと変えるのがコツなのだ。

得体の知れない薬を飲みたがる人間はいない。それに、この世界には治験システムもない。

自分で飲んで試すくらいしかないんだよね……。

基本のレシピで作ったポーションをもとに、味を変えて作ることにした。いちごとか、ハッカとか、レモンとか。

色にもこだわってみよう。

鍋を火にかけ、薬草をコトコト煮詰める。種類別に小分けし、自分で飲んで試す。なんだか実験みたいで楽しい。鼻歌を歌いながらポーションを作っていたら、ペンが声をかけてきた。

「楽しそうやないか、エリー」

「うん、楽しいよ！」

笑顔でうなずいたら、ペンがふっと笑みを浮かべた。猫って笑うんだ……。しかもニヒルに。
今日のペンは猫缶すぺしゃるを食べてご満悦のようだ。

それにしても、猫缶すぺしゃると普通の猫缶はなにが違うんだろう。私はふたつを手にして見比べた。

成分表はさして変わりがないみたいだけれど……なにか秘密のエキスでも入っているのだろうか。

ふと思いつき、普通の猫缶にポーションを混ぜて出してみた。ペンはくんくんとにおいをかいで、目を輝かせた。それからバクバクと食べ始める。

「猫缶すぺしゃるやないけど、うまいやないかいっ！」

もしかして……。私はマジックグラスを装着し、ペンの姿を見た。

やはり、ペンには魔力が備わっていた。

要するに、ペンって魔物ってこと？　しゃべる時点で普通の猫ではないとは思っていたけど。

謎は深まるばかりだ――あ、そうだ。普通の猫とか人間のごはんにも混ぜられるようなポーションがあればいいかも。

私はさっそくスケッチブックを開いて、アイデアを出し始めた。

薬草店に買い物に行った私は、ポーション用の薬草を何種類か購入した。あっという間に財布が軽くなる。

薬草って高いんだよなあ……。

とくに効能の高いものになるとなかなか値段が張る。騎士団からの支度金と、パン屋で売れたポーション代金のおかげで当面の生活費はなんとかなった。でも、薬局に卸したぶんの収入がゼロなのでまだまだ大幅な赤字だ。しかも、ペンは猫缶すぺしゃるしか食べないし。たぶんペンのエサ代は、私の食費より高い。

生活はあまり楽ではないけれど、安い材料を使って粗悪品を作る気はまったくない。お金のためではなく、ちゃんとしたものを作って誰かの役に立ちたいのだ。

作ったポーションを並べて開店準備をしていたら、カランカランとドアベルが鳴った。開いたドアの向こうには、知的な印象のスラッとした男性が立っていた。赤と黒を貴重とした騎士服をまとっていて、品のある顔立ちに眼鏡がよく似合っている。

彼は眼鏡を押し上げ、口を開く。

「失礼、ここはドラゴン薬局で間違いありませんか」

私がうなずくと、彼は手にしていた箱をこちらに持ってきた。

「竜騎士団副団長のルイです。団長からこれを持っていくようにと言われました」

箱の中には食料品や生活必需品が入っている。リュウリさん、私に気を使ってくれたんだ。

「ありがとうございます！」

私は浮き立った気分で、ルイにぺこりと頭を下げた。ルイは眼鏡を押し上げ、じっと私を見つめた。

「……君は団長のなんですか？」

私がキョトンとすると、ルイがこう続けた。

「いきなりポーションを試飲するよう勧められたと思ったら、その後ここのポーションを使うように言われた。おかげで宮廷薬師と亀裂ができています」

その言葉に、私は息をのんだ。私のせいで、リュウリの立場が悪くなっているのだろうか。

うつむいている私を見て、ルイが眉をひそめる。

「団長の妹さんは亡くなっているはずだ。団長は独身だし娘にしては大きすぎる。そもそもなぜこんなつぶれた薬屋に幼い少女がひとりで……」

「あーあー、うるさい奴やな」

いきなり聞こえてきた声に、ルイは眉を寄せた。彼は辺りを見回し、足もとに寝そべっているペンを見た。太った猫はふてぶてしい表情でルイを見上げる。

「細かいこと気にしてからに。そんなんやからあんたは副団長止まりなんや」

「なっ、猫が、しゃべった……」

ルイは後ずさって顔を引きつらせている。これが普通の反応だと思う。リュウリはたぶん、初めてペンを見た時も驚かなかったのだろう。

ペンはぴょんっとカウンターにのぼり、ルイを睨《ね》めつける。

「この子はパーティーを追われたんや。身寄りもないから、ここで商売して暮らすことになったんや。それぐらい察しろやボケッ」

ルイはハッとして私を見た。

「そ、うなのですか」

私がうなずくと、ルイは気の毒そうな顔をした。

「だから団長は君を庇護しているわけですね。合点がいきました」

「勝手に納得しよったな、コイツ。ちょろい眼鏡やわ～」

しかしなぜこの猫は話すのかと、ルイが尋ねた。それは私の方が聞きたい。

私はルイに座るよう促してお茶を淹れた。最近目がかすむと言うので、視力回復のポーションを入れておく。

リュウリさんだったら、職務中だからいらない、って言うよね。

そう思って思わず笑みを浮かべる。紅茶をひと口飲んだルイは、驚いたように眼鏡をはずした。

「なんと、視界良好だ」

私の顔もちゃんと裸眼で見えているみたいだ。さっきまでちょっと冷たい感じだったのに、視力がよくなって目を輝かせているルイが、なんだか子供のように見えた。私がクスッと笑うと、ルイもかすかに目もとを緩めた。彼はカップを置いて席を立った。

「なにか困っていることはありませんか？　お茶のお礼にお手伝いしましょう」

「えっと……じゃあ、看板のかけ替えを手伝っていただけますか？」

ルイははしごを持ってきて屋根にかけた。古びた看板を取りはずして地面に置き、ペンキで塗り直して店の名前を書く。ルイと会話しながら看板が乾くのを待っていると、カランカランとドアベルの音が鳴った。そこには怪訝な顔をした青年が立っている。

「あっれー。なにしてんスか、副団長」

「君こそなにをしにきたんですか、サイ」

さっきまでやわらかかったルイの表情が急に険を帯びた。このふたり、仲が悪いのだろうか？　サイは鼻を鳴らしてルイを見返す。

「あんたが全然帰ってこないんで、団長に様子を見てこいって言われたんスよ」

こちらに近づいてきた彼は、私に気づいて目を瞬いた。途端に破顔して私の体を抱き上げる。

「うっわー、人形みてえ。かっわいー」

「え、わ、わっ」

慌ててもがいていたら、ルイが彼の手をぴしりと叩いた。

「なれなれしく触るんじゃありません。小さくても女性ですよ」

「つーか、この子誰なんすか？」

「私、エリーといいます。よろしくお願いします」

ぺこっと頭を下げると、サイがまたでれでれと目尻を下げた。

「うわっ、かわいい。君みたいな子供が、なんでこの店にいるんすか？」

それは説明すると長くなる。困っていると、ルイがフォローしてくれた。

「彼女はひとりでここを切り盛りしているそうです」

「えー？　子供に経営とか無理っしょ。そもそもこの店って経営破たんしたんでしょ？」

「それは宮廷が注文をやめたからやないかい」

ペンが口をはさむと、サイがぎょっとした。キョロキョロしている彼に、ペンがあきれた顔を向ける。

「あー、いちいちそないな反応されんのは面倒やな。この際やし、わいのことを説明したろか」

ペンがいったい何者なのか、私も気になっていた。私がカップを置いて身を乗り出すと、ペンはテーブルの上に飛び乗ってつらつらと説明を始めた。

ペンは猫になる前に、アーサー・ペンドラゴンと名乗っていたそうだ。しかしモンスターの毒に冒されて急死、生まれ変わって猫になったのだという。捨て猫だったがたまたまこの店の店主に拾われ、大事に育てられてきた。しかし、店主は突然の病に倒れ、ペンを置いてこの世を去った。

その話を聞いたルイとサイは、顔を見合わせてかぶりを振った。

「そりゃないっすね」

「ええ、ないですね」

「なんでやっ、現にわいはこうしてしゃべっとるやん」

ムキになるペンを、竜騎士ふたりは小馬鹿にした表情で見ている。

「この世に生まれ変わりなどないのですよ。もし自分以外の記憶が存在しているとしたら、それは妄想です」

「そーだよ。だいたいアーサー・ペンドラゴンって伝説の竜騎士団長じゃん。それがこんなデブ猫とか夢壊れるわ～」

「そもそもその話し方はなんですか？　竜騎士の気品のかけらもない」

仲が悪いのかと思いきや、ルイたちの責めのコンボは息ぴったりだった。彼らの言葉が心に突き刺さったらしく、ペンは泣きながらテーブルを飛び降りる。

「悔しいわっ、ちょっとメタボやからって馬鹿にしくさりよってからにぃ！」

ペンはそう言い残し、そのまま猫専用の戸口から出ていってしまった。私は慌ててペンを追いかけようとしたが、ふたりの騎士に止められる。

「追いかけなくてもそのうち帰ってくるって」

「ええ、そうですとも。それより、紅茶のお代わりを淹れてもらえますか」

「俺も飲みたいっす」

私は紅茶の茶葉をポットに入れながら、ペンのことを心配していた。

大丈夫かな、ペン……。

顔つきはふてぶてしいけれど、ああ見えて意外と傷つきやすいのかもしれない。それにしても、私以外にも前世の記憶を持つ人がいるなんて思わなかった。

関西弁ってことは、もしかしてさらに日本人の前世があったりして……。

ペンが帰ってきたのは夜だった。ペンは私が出した餌を食べず、これ見よがしにため息をついている。いつもやかましい……いや、にぎやかなペンがあんなふうだと調子が狂う。

ごはんを食べたら元気になるかな？

私はポーションを餌に混ぜて、ペンに差し出した。

ペンはチラッとこちらを見る。

「いらんわっ。食ったらまた太って、竜騎士どもに馬鹿にされるだけやん！　いっそ絶食して死んだるわーっ」

猫が体型を気にしてるなんておかしな話だ。まあこれだけ太ってたら、一食くらい抜いてもいい気がするけど――。そうだ。痩せるポーションを作って餌に混ぜてみようかな。

私は翌日からさっそく痩せ薬を作り始めた。私が転生前に勤めていたブラック企業は、痩せ薬を売り出していた。もっとも、その成分は眉つばもので、いずれもたいした実験もせずに作り出されたものだった。ダイエットサプリの定番であるイソフラボン、カプサイシン、短鎖脂肪酸の成分で痩せるとうたっていたが、おそらくそんなもの入っていなかったと思う。

そもそも、なんの苦労もなく痩せるものなんてありはしない。

「やっぱり一番は運動だよね」

私はペンを誘ってジョギングをすることにした。一緒に走ろうと誘うと、ペンはすぐさまかぶりを振った。

「嫌やっ！　わいは運動がまずい飯の次に嫌いなんや」

「でも、痩せないとまた竜騎士たちに馬鹿にされちゃうよ」

「あんな奴らどーでもええねん。そもそももう来ないやろ」

しかし――ルイとサイはここを気に入ったのか、たびたび休憩時間に訪れるようになった。ペンはそのたびにどこかに逃げていき、ふたりに会わないようにしていた。

そこまで嫌がるなら、痩せればいいのに……。

とある夜、ペンが全然ごはんを食べていないので、心配になって尋ねてみた。

「ねえ、体重を気にしてるのはわかるけど、食べないと体によくないよ」

ペンはため息をついてかぶりを振った。

「わいは出会ってしまったんや。運命の人に……」

「んん?」

「おこちゃまのエリーにはわからへんやろうけど、わいは恋に落ちたんや」

どうやら好きな猫ができたようだ。自分に酔っているらしく、ペンは聞いてもいないことをとうとうと語っている。

「でも彼女は囚われの姫君……家猫なんや。狭ーい鉄格子の向こうから、毎日せつなそうに外を見ているんや」

「じゃあ、なおさら痩せなきゃ」

「どうしてや」

「その格子をくぐってその子に会いにいかなきゃ。伝説の竜騎士なんでしょ?」

こんな単純な煽りでその気になるかなと思ったが、ペンはすっと立ち上がって叫んだ。

「エリー。わいは走るっ」

ああ、すごく単純だったわ。

翌日から、ペンはダイエットを開始した。私は彼と一緒にジョギングし、近所の人には餌をあげないように頼んだ。ペンはへろへろになりながらも、ギルド街を一周した。あの怠惰なペンが完走するなんて、恋ってすごいな。恋愛経験のない私には、ペンの変わり身がいまいち理解できなかったが、彼の努力を応援することにした。

私はできたての痩せ薬をこっそりペンの餌に混ぜた。味のないものなので、ペンはとくに疑

猫缶すぺしゃ

いもせずに餌を食べた。

パン屋にポーションを置いてもらうようになってから一週間が経ったが、ドラゴン薬局の客足は相変わらずなかった。

カランカランとドアベルの音が響いたので、客かと思ってぱっと顔を上げた。しかし、ドアから顔を出したのはサイだった。彼はのんびりした様子で店の中に入ってくる。

「ちわー、誰か来た？」

「いえ……」

「なんでこんなに客来ないんすかね。宣伝はしてるんでしょ？」

お茶を飲みながら、サイが尋ねてくる。私は、パン屋にチラシを貼らせてもらっているけれど、あまり注目されていないようだと話した。サイは世間話をし、ポーションを買って帰っていった。

竜騎士たちが来てくれるのはうれしいけど、普通の客にもきてほしいなあ。開店していることをもっとアピールした方がいいだろうか？

私はギルド街のあちこちに、作ったチラシを貼って回った。せっかくなので、一番街にある市役所にも置いてもらった。ここにはいろいろな人が来るので、宣伝効果があると思ったのだ。

手持ち無沙汰な私は、色とりどりの回復ポーションをショーケースに並べた。赤、水色、若草色、金色。赤は体力増幅で水色は魔力増強、若草色は毒に効く。金色は万能薬で、なににでも効くがウコンなどの高価な漢方が入っているので少し値段が高い。ついでに、綺麗に拭いたカウンターにもポーションを並べた。まずは普通のポーションを置き、その隣に新開発したポーションを置く。そして、「限定品、在庫限り」と書いた札を出した。カウンターに乗ったペンは、不思議そうな顔でポーションを見比べている。

「限定品……？　これはなにか特別なもんなんか？」

「ええ、効果を細かく区分したの。売れたらさらにアップデートするわ」

「あっぷでーとて……あんさん、たまに大人みたいやね」

ペンのつぶやきに、私はぎくりと体を揺らした。

ペンになら言ってもいいかな。

私は思いきって、自分が転生者であること、日本という場所にいたことや、薬剤師としてブラック企業に勤めていたことなどを話した。ペンは黙って聞いていたが、なるほどなあ、と相づちを打つ。彼自身が転生者だからなのか、ペンはあまり驚いていなかった。

「あんさんをは初めに見た時から、なーんか違和感があったんや」

「それって見ればわかるもの？」

「少なくとも、竜騎士団の連中は気づいとらんな」

ペン以外の誰かにこのことを話す気はなかった。せっかくリュウリやほかの竜騎士と距離が縮まってきたというのに、実年齢はアラサーです、なんて言ったらみんな潮のように引いていくだろう。

この世界では輪廻転生の概念がない。人間は死んだら終わりだと考えられているし、寿命も長くて七十歳くらいまでだ。だからみんな必死に生きている。私も、現代で生きていた頃よりもこの世界での九年の方が密な気がしていた。

客、来るかなあ。

私は午前中いっぱい来客を待ったが、客どころかこの通りを歩く人がいない。役所の近辺はあんなににぎわっていたのになあ。私は窓辺に立って外を覗いた。

窓の向こうを眺めていたら、ペンが声をかけてきた。

「そんなとこに張りついてたって客は来ないんちゃうの」

「ペン、ギルド街で一番人が集まるのってどこだと思う？」

「そうやな……一番街なら店も多いし、紹介所があるから人が多く集まってるで」

そうだよね。来ないならこっちから行くまでだ。カウンターから出た私は、ペンに留守番を頼んで店を出た。

ポーションを箱に入れ、首から下げて一番街へと向かう。人通りの多い広場で足を止め、声をあげた。

「限定ポーション発売中でーす、一日限定三十個、セット売りは二十個でーす。今なら二〇％

オフでーす！」

私の声を聞きつけて、通行人たちが物珍しげにこちらを見る。ブラック企業時代に死ぬほど販売業務をやらされたので、こうして声を張り上げるのは慣れっこだ。こうしていると、試供品をさばくまで帰ってくるなと言われた苦い思い出がよみがえる。

呼びかけを続けていると、ひと組のパーティーが寄ってきた。

「お嬢ちゃん、親はどうしたんだ」

「やらされてるの？　かわいそうに」

私は顔を明るくしたが、彼らの二の句にがくりと肩を落とした。

「いえ、違います。これは自主的に……」

彼らはかなりお金を持っているパーティーだったのだろう。私に同情し、ポーションセットを買ってくれた。彼らは私の頭をなで、がんばってと勇気づけて去っていく。

理由はどうあれ、一セット売れたのがうれしかった。しかし、ギルドにはお金を持っている人や生活に余裕のある人ばかりではない。いわゆる底辺パーティーと呼ばれる、くすぶっている集団も多いのだ。そういう人々にとっては、私は格好の鴨だった。いかにも柄の悪そうな人々が寄ってきて、私からポーションを取り上げる。

「おい、なんだこの色。気色悪い」

「オリジナルポーションです。薬効で色が決まっていて……」

「ポーションは無色透明って決まってんだよ。薬師が毒を入れないとも限らないからな！」

彼らはポーションを掲げてこれ見よがしに叫んだ。何人か興味深そうにこちらを見ている客がいたが、その言葉に思い直したのか、顔をそらして去っていく。私は急いで弁明した。

「毒なんて入れる回復薬師はいません。それに、一度開封したらわかるようになっていて……」

「うるせえんだよ、ガキは帰って寝てろ！」

突き飛ばされた私は、地面に尻もちをついた。頭上から笑い声を浴びせられて、目頭がじんっと熱くなった。

「うわあ、このガキ泣いてるぜ」

「ママのところに帰った方がいいんじゃねーの？」

彼らは帰れ、帰れと囃《はや》し立てながら手拍子する。周りの大人たちは遠巻きに見ているだけで、助けてくれない。

男たちはけらけら笑いながら、取り上げたポーションを地面に投げつけようとした。私がやめてと叫びそうになったその時、伸びてきた腕が彼らの手を阻んだ。そのまま地面に押さえつけられて、底辺パーティーのボスがうめく。

「いってえ……！　なにすんだよっ」

ボスは視線を上げてぎょっとする。そこにいたのはリュウリだった。

「り、リュウリさん」

どうしてリュウリさんがここに？

ぽかんとしている私をよそに、彼は淡々とボスを拘束してその袖をまくり上げた。ボスの腕には狼の入れ墨が入っていた。リュウリは「狼旅団《おおかみりょだん》だな？」と尋ねた。ボスはうめきながらそうだよと答える。リュウリは、近くにいたサイに声をかけた。

「サイ、この男を連れていけ。昨夜宿屋で暴力騒ぎを起こした人物だ」

「暴力なんか振るってねえよ、放せっ」

「はいはーい。おとなしくしないと怪我するっすよ？」

ボスは暴れているが、サイはびくりともしていない。逃げられるとでも思っているのか、ボスはまだ暴れている。サイはため息をついて、ボスを思いきり蹴倒した。私は思わずビクッと震える。ボスは地面に倒れて泡を吹いた。サイはボスの襟首を掴んでずるずる引きずっていき、竜の背に乗せた。一方、私を助けたリュウリはこちらに視線を向け、手を差し出してくる。

「大丈夫か、エリー」

「あ、は、はい」

彼は私を見てその秀麗な眉を寄せた。

「泣いてるのか？」

「大丈夫です、わあっ」

リュウリは私を軽々と抱き上げた。私は頬を熱くしてリュウリにしがみつく。サイがにやにや笑いながらこっちを見る。

「いきなり走りだすからなにかと思いましたよ〜。よっぽどその子が心配だったんすねぇ」

「サイ、余計なことを言うな」

「はいはい、すんません。じゃあね、エリーちゃん」

サイは笑顔を作って、竜の背にまたがった。彼が手綱を引くと、竜がばさりと翼をはばたかせる。頭上高く舞い上がった竜を、私はほうっと見上げていた。

リュウリは手近にあったベンチに私を連れていって座らせた。隣に腰掛けたリュウリは、いったいなにをしていたのかと尋ねてくる。

「ポーションを売ろうと思ったんです。ドラゴン薬局で売っているだけじゃ、なかなか客が来なくて」

「焦ることはない。君の作るポーションが優れていることは竜騎士団の全員が証明できる」

「そう言ってもらえるだけで、十分です」

褒められて照れていたら、なぜか頭をなでられた。私は首をかしげて疑問符を浮かべる。頭から手を離したリュウリは言う。

「これは君に言うべきか迷っていたんだが……今、宮廷にディアがいるんだ」

私はハッとしてリュウリを見た。私の顔がこわばっているのに気づいたのだろう。リュウリはふっと目を伏せる。

「すまない。黙っているつもりだったんだが。彼はヒドラ討伐隊として国王に謁見し、気に入られてとめ置かれている」

「ヒドラを倒したのはリュウリさんです」

私の言葉に、リュウリは静かにかぶりを振った。

「そんなことはいいんだ。ただ、俺は君が正当な評価を受けないのはおかしいと思う」

正当な評価……？　自分には、ずっと価値がないって思っていた。だからリュウリを助けたり、少しでも役に立てることがうれしかった。リュウリはじっと私を見つめた。

「討伐隊の一員として評価されたなら、店も評判になると思う。陛下に拝謁する気はないか、エリー」

ディアの仲間として名乗りをあげれば、店は評判になる。だけどそれは……なにかが違う気がした。

ディアが勲章を受けても、全然うらやましいとは思わない。私は彼のように有名になりたいとかお金が欲しいなんて思わない。ただ、私は身近な人を助けたいだけなのだ。

私はじっとチラシを見つめた。今まで、客が増えてほしいと漠然と思っていた。だけどきっと、私が目ざすべきところは違うんだ。

「私、間違ってたかもしれないです」

私の言葉に、リュウリが目を瞬いた。私はリュウリを連れて、ドラゴン薬局に向かった。


いつも私を助けてくれるリュウリに私ができることなんて、些細なこと。それでも、私にしかできないことをしたい。

薬局に送り届けてもらった私はリュウリのためにお茶を淹れて、ポーションを一滴垂らした。お盆に茶器をのせて持っていったら、リュウリが断る仕草をした。私はお盆を置いて、リュウリの手をぎゅっと握りしめた。

「お願いします、お礼をしたいんです」

「……では、ひと口だけ」

礼を言って茶碗を手にした。お茶をひと口飲んだリュウリは、ふっと目を瞬いた。

「これは……」

「あ、ポーション入りの紅茶です。お口に合いませんでした？」

「いや……無味無臭のものよりも口にしやすいな。こんなポーションは初めてだ。どうやって作った？」

褒められてうれしくなった私は厨房にリュウリを招いて、ポーションを作るところを見せた。

リュウリは真剣な眼差しでそれを見ている。大方はギルドで公開されているレシピ通りなのだが、少しだけ変えてあるのだと言ったら、リュウリがそうかと相づちを打った。

「こうやってお茶に入れて振る舞うというのはいいな。冒険者や騎士でなくても、簡単に疲れを取ることができる」

「はい……そうですよね」

新しい商品を作れば売れるんじゃないかって思っていた。でも、そうじゃないんだ。ポーションを使う人のことを思って作ったものの方が、きっと人の心を打つのだ。だから売り歩くのはやめよう。今日みたいに絡まれてしまうし……。

リュウリは茶器をお盆の上に戻し、懐中時計を出して時間をチェックしている。

「そろそろ帰らなければ。俺が出たら、すぐ戸締まりするように」

「はい」

出入り口に向かうリュウリの懐から、なにかがころんと床に落ちた。私はそれを拾い上げて、わあと声をあげた。キラキラした、黒と青が混ざったような深い色合いの石。

「綺麗な石ですね」

「ああ……ナギが持っていたものだ」

「ナギさんって……」

「俺の妹だ。もうすぐ十回忌になる」

私はハッとしてリュウリを見た。

そうだ。たしかルイが言っていた。リュウリさんは妹を亡くしているって……。

ナギはヒドラに殺されたのだと、リュウリは言った。彼が竜騎士団に入ったのは、もしかしたら妹の敵討ちのためだったのかもしれない。あの時「もういい」と言ったのは、敵を取ったからもう思い残すことはないってことだったのかも。なんと声をかけていいか困っていたら、リュウリが私の頭をなでてきた。

「そんな顔をするな。もう十年も前の話だ」

「何年経っても、忘れられないことってあります」

私がそう言ったら、リュウリはそうだなと相づちを打った。時間が経ったからって心の傷が癒えるわけじゃない。これればかりは、ポーションでも癒やせないのだ。私は戸口まで駆けていって、彼の服を掴んだ。振り向いた彼に尋ねる。

「あのっ、リュウリさんの好物はなんですか」

「好物？」

「はい。なんでもいいです。私、なんでも作ります」

リュウリは無言でこちらを見ている。どうしてそんなことを言いだしたのかと思っているようだった。

やっぱり変だったかな。

でも、ポーション作り以外で私ができることといえば料理くらいしかない。リュウリは視線を上向けてこう言った。

「……オムライス」

「じゃあ、今度作りますから食べていってくださいね」

リュウリはふっと微笑んで去っていった。その時、カウンターの下からぬっとペンが顔を出した。

「わあ、いたの⁉」

「ずっといたがな。なーにがオムライスやねーん。なんかむずむずすんねんけどーっ」

ペンは前足で自分の体をかいている。もしかしてノミがいるのだろうか。

「オムライスもええけど、わいの晩飯用意してくんなはれ」

「ああ、はいはい」

しかし、カウンターの下の隙間は結構狭い。あれだけ太っていてよく入れたものだ。――と、よく見たらなんだかお腹の肉がすっきりしている気がした。

「あれ？　なんか痩せたね、ペン」

「すとれすやっ。エリーが竜騎士にばっかかまって、わいを放置したせいや」

「ええ……？」

そんなことないと思うけど。

やっぱりジョギングと食事制限が効いたのだろう。私はそっとペンを抱き上げ、体重計にのせてみた。

うわあ、三十キロ……。

痩せたように見えても、かなりの重量級だ。毎日測ってみたら変化がわかるかも。私はペンの体重を記録することにした。


その後も、客はあまり来なかった。ガラガラの店内を見ていたら、ふっとリュウリに言われた言葉を思い出した。討伐隊として評価されれば、店が評判になるのではないか……。

私にはもうそれしか残されていないのだろうか。

閉店の準備をしていると、リュウリがやって来た。なにか異状はないかと聞かれてうなずく。

私はリュウリにオムライスを振る舞った。バターのたっぷり入ったふわとろオムライスだ。

おいしくできたか不安だったけれど、リュウリはおいしいと言ってくれた。

よかったあ。

お盆を抱きしめて安堵していると、頭をなでられた。こちらを見る眼差しは優しくて、心が温かくなった。

リュウリの手は、日々剣を握っているせいでタコや節ができていた。

きっと目まぐるしい日々だろうに、私の様子を見にきてくれているんだ。もっとリュウリさんの役に立ちたいなあ。

私はリュウリからもらった花の髪飾りをそっとなでた。オムライスを食べ終えたリュウリは、手を合わせて「ごちそうさまでした」と言った。そういえば、ルイさんが宮廷薬師との関係がよくないって言っていたよね。

おずおずと見上げると、リュウリがどうかしたかと尋ねてきた。

「あの、宮廷には薬師がいるんですよね」

「ああ……ハロルドという薬師長を筆頭に、十名ほど在籍している」

薬師長のハロルドは子爵の家柄で、ギルドに入って厳しい上下関係を味わう必要もなく、家庭教師を雇って薬師となったそうだ。宮廷薬師はかなりの高給取りで、その地位の高さも相まって薬師ならば誰もが憧れる職だった。

パーティーに入れば刺激は多いが、命を落とす危険もある。それに、技術職ではあるが戦力の低い回復薬師は、剣士や魔道士に比べて立場が弱い。プライドの高い戦闘員の機嫌を損ねないよう立ち回ることも必要で、宮廷薬師よりずっと神経を使う職業だ。

こう考えたら、どうして生まれ変わって授かったのが回復薬師の力だったのだろうと思う。魔剣士や魔道士とかの方が華やかで成功する確率も高いのに。

内心ため息をついていたら、心は決まったかと尋ねられた。ヒドラ退治のパーティーメンバーとして国王に拝謁する件だろう。私はかぶりを振った。これ以上宮廷薬師に喧嘩《けんか》を売るようなことはしたくない。

それに、宮廷に滞在しているというディアたちと蜂合わせするのは憂鬱だった。浮かない顔をしている私に、無理強いはしない、とリュウリは言った。

リュウリは、私のことをいろいろと気にかけてくれているのだ。街の人たちも優しくて、いいこともあった。たまには嫌な人や怖い人もいたけれど、この店に来て本当によかったと思う。何事もやってみなくては、前には進めないのだ。

「わかりました……宮廷に、行きます」

私の返事を聞いて、リュウリが微笑んだ。部屋に戻った私は、数少ない服をベッドの上に並べた。私の持っているのは普段着のワンピース二枚と作業着、それから寝間着と外套だけだ。宮廷に着ていけるような服なんてない。どうしよう……。

前世で合コンに着ていく服がなかったことを思い出す。服を買いにいく勇気もなくて、結局あきらめたっけな。

そもそも、宮廷ってどんな服装で行けば合格なんだろう。このへんに子供服を売ってる店なんてあるのかなあ……。案内所に行って聞いてみようか。

一番街にある案内所へ向かうと、受付にお姉さんが座っていた。お姉さんはつまらなそうな顔で雑誌をめくっている。私はカウンターに寄っていって、お姉さんに声をかけた。

「すみません」

「は?」

お姉さんはだるそうに返事をし、ちらっと私を見た。

「なに？」

「あの、お洋服を売ってる店ってどこですか」

「子供服はアリスショップってとこ。五番街をまっすぐ行って、五つ目の角を右に曲がったところ」

「ありがとうございます」

私は案内料金を支払って、案内所を出た。

えーと、とりあえず五番街だよね。

私は五番街に向かって歩きだした。それから五つ目の角。路地を順番に数えていって、五本目のところを右に入る。すると、一軒のお店があった。看板には『アリスショップ』と書かれている。

私がドアのガラス越しに顔を覗かせると、店員たちが笑顔になった。ドアを押し開けて中に入ると、「いらっしゃいませー」と声をかけられる。

「まあなんてかわいいお嬢さん」

「親御さんは？」

「えっと……いません。宮廷に着ていけるような服って、ありますか」

「もちろんですとも。なにがご所望ですか？　ドレスかしら」

ドレスなんて買うお金はない。とりあえず一番安い服がほしいと頼んだ。店員さんが用意した服は、ゼロが何個かついていた。め、めちゃくちゃ高い。

私は笑顔を引きつらせ、後ずさった。

「あの、すみません。買えそうにないので……」

「あら、着てみるだけでもどう？」

「そうそう、親御さんとよく相談してからでもいいのよ」

だから、親御さんはいないんです。それ以上商品を勧められないよう、急いで店を出た。どうやら分不相応な店に来てしまったようだ。

店の壁にもたれてため息をついていると、ガラガラと馬車の音が聞こえてきた。そちらに視線を向けると、王家の紋章がついた馬車が通るのが見えた。

私は自分の格好を見て憂鬱になる。なんだか、行くのが嫌になってきた。だって、みすぼらしい子供が来たって言って笑われてしまうかもしれないから。薬師として行くのだから、めかし込む必要なんてないってわかっているけれど。

トボトボとドラゴン薬局に帰還すると、ペンがこっちにやって来た。

「エリー、お届け物やでー」

「え？」

私はカウンターの上を見て目を瞬く。そこには大きな箱がのっていた。これ、なんだろう……箱には青いリボンがかけられている。リボンをほどいて箱を開けると、中からベロアの青いワンピースが出てきた。私はそれを見て驚く。わあ、かわいい。箱の中にはカチューシャとレースの靴下、エナメル素材の靴も入っていた。

でも、いったい誰がこんなもの送ってくれたんだろう。もしかして、商品を送りつけて料金を払わせる詐欺……⁉

いろいろあったせいで、私はすっかり疑い深くなっていた。不審に思いながら、前足で体をかくペンを見下ろす。

「ねえペン、これ誰が持ってきたの？」

「知らへん。ドアベルの音がして、わいが下に下りた時には風のように去っていっとった」

箱の底には、青いカードが入れられていた。開いてみると、【あなたの幸福を祈っています】と書かれている。名前がないかと思ったが、メッセージはそれだけだった。

翌日になった。代金支払いの督促状が送られてきた時のためにワンピースを着ないで置いておいたけれど、なにも届かなかった。もしかして、国王が私を気遣って送ってくださったのかもしれない。

私はそわそわしながらペンを見た。

「ねえ、これ着てもいいのかな」

「着たらええやん。嫌がらせでこんなもん送ってくる奴おらんやろ」

ペンはあきれた顔でこちらを見る。

そうだよね。世の中にはいい人もいるんだから。

私は急いで寝間着をぬいで、ワンピースに腕を通した。本当はずっと着てみたかったのだ。

全部身につけてみたら、サイズもぴったりだった。ワンピースを着た私を見て、ペンが珍しく褒めてくれる。

「かわいいで」

「へへ……」

現金なもので、綺麗な服を着たら俄然宮廷に行く気になってきた。


翌日、迎えにきたリュウリはめかし込んだ私を見て目もとを緩めた。

「とてもよく似合う。良家の子女のようだ」

「あ、ありがとうございます」

なんだか照れてしまって、私は頬に手をあてた。そのワンピースはどうしたんだと聞かれるかと思ったけれど、リュウリはなにも言わなかった。

ペンはカウンターの上で大きなあくびをし、かしかしと首をかいていた。

「あーかゆっ、自分らのやり取り、全身がかゆなるわー」

「ノミがいるのか？　俺が風呂に入れようか」

真面目な顔で尋ねたリュウリに、ペンはけっと吐き捨てた。

「嫌みも通じひんのかいな。もうええから早よ行けや」

「お留守番よろしくね、ペン」

「へいへい」

私はリュウリと共に、竜に乗って宮廷へ向かった。竜が翼をはためかせるたびに、びゅうびゅうと吹きつけてくる風が私の髪をなぶる。橋を越えると、巨大な池に浮かんだ人工的な島が見えてきた。宮廷は島の上にあって、四角形をしているのだ。尖塔には竜旗がはためいていた。リュウリは竜を下降させていき、開けた場所に降り立った。どうやらここは厩舎らしく、かたわらに建った小屋には多くの竜がつながれていた。

「わあ、たくさんいますね」

「ああ。珍しい客が来たから興奮しているようだ」

リュウリはそう言って、優しく竜をなでた。私もならってなでてみる。竜はとてもおとなしくて、もともとモンスターだったとは信じられないほど従順だった。ここまでしつけるのに、かなりの苦労をしたのだろうことが想像できた。

私はリュウリに伴われて、宮廷へと至る道を歩く。宮廷の正面には、薔薇《ばら》の花が咲き、噴水が湧き上がる庭が見えている。

宮廷の出入り口にたどり着くと、リュウリは門兵に記章を見せて中に入った。エントランスは広々としていて、高い天井からつり下がったシャンデリアが輝いていた。エントランスのフロアは大理石でできていて、出入り口から階段へと至る部分に緋毛氈《ひもうせん》が敷かれている。

私はリュウリと共に階段を上がっていき、王の間へ向かった。廊下を歩いていって巨大な扉を押し開けると、いっそう豪華な部屋にたどり着いた。

天井を支える柱はガーネット色の大理石。光を多く取り入れるためだろう。大きな窓を背にして壇が置かれている。壇の上には、陽光を浴びて輝く黄金の玉座が据えられており、立派な身なりの男性が腰掛けていた。大きな玉がはまった王冠を頭にかぶり、毛皮とビロードでできたマントを羽織っている。この人がこの国の王、ザンガス様。想像していたよりずっと立派なお方だ。

この方が私に会いたいとおっしゃったのだろうか？　もしかして、ワンピースを送ってくれたのもこの人……？

国王は恐縮している私を見て眉をひそめた。

「リュウリ、会わせたい者というのはその子供か」

「ええ。自己紹介を、エリー」

私は膝を折り、緊張した声で名乗った。

「お初にお目にかかれて光栄です、陛下。薬師のエリーと申します」

「薬師……こんな子供が？」

「彼女は、ヒドラ討伐隊のメンバーです」

リュウリの言葉に、国王が眉をひそめた。

「なんだと？　あのパーティーにはユラという薬師がいたはずだ」

「ええ。彼女はエリーと入れ替わったのです」

国王は怪訝そうな顔で、どうしてそんなことになったのかと尋ねた。私は、パーティーのボスであるディアに追放されたのだと語った。国王はあきれた顔をした。なんだか歓迎されていない……そう思った。

このワンピースを送ってくれたのは、国王ではないのだろうか？

「力不足で首になっておきながら、ここにやって来たというのか？　とんでもない子供だな」

「彼女は過失なくパーティーを追われたのです」

リュウリは弁明したが、国王はおもむろに立ち上がって犬でも追い払うように腕を振った。

「どちらにせよ、あの時討伐隊にいなかったのはたしかなのだろう。さっさと去れ。私は忙しいのだ」

「陛下、お待ちください。エリー、ここで少し待っていてくれ」

リュウリはそう言って、立ち去った国王を追いかけていく。

私はふたりを見送って、深いため息をついた。

私、なんでがっかりしてるんだろうな。こうなることは予想できていたのに……。

国王に認められるということは、この国の民になったということに等しい。ひと言声をかけてもらえれば、それだけで自信が持てただろうに。

しょんぼりとうつむいていると、靴音が響いた。そちらに視線を向けると、金髪碧眼の美少年が立っていた。私は目を瞬いて、久しぶりに会う少年の名を呼んだ。

「ヨーク様？」

「やあ、また会ったねエリー」

ヨークはそう言って、にっこり笑った。王の間に勝手に入ってくるなんて、叱られないのだろうか？

「おいでよ。おもしろいものを見せてあげる」

天使の笑顔に手招かれて、エリーは彼についていきかけた。

しかし、リュウリにここで待っていろと言われたんだった。戸惑っていると、ヨークがどうかしたのかと首をかしげた。

「あの、リュウリさんを待っていないといけないんです。陛下に拝謁していた途中だったので」

「それなら従者に伝えておけばいいよ。君、リュウリが戻ってきたら僕の部屋に来るよう言ってくれ」

そばにいた従者はかしこまった様子でうなずいた。私はヨークについて歩いていき、彼の部屋に入った。ヨークは私に椅子を勧め、侍女を呼んでお茶を用意させた。私はお茶を飲んでほっと息を吐いた。その反応を見て、ヨークが目もとを緩めた。彼が勧めてくれたクッキーは、ほのかな甘味が舌に優しかった。ひと口かじったら、緊張していた気持ちが緩んだ気がした。

「おいしいだろ？　はちみつが入ってるんだよ」

「はい、とっても」

ヨーク様って、毎日こんなおいしいものを食べてるんだなあ。夢中でクッキーを食べていると、彼が手を打ち合わせた。

「そうだ。おもしろいものを見せるって話だったね」

私がうなずくと、ヨークがカップを置いて立ち上がった。彼はこちらにボードのようなものを持ってきた。これはなんだろうと思って覗くと、触れてみるように促された。指を置くと、蜂の巣のような六角形が浮かび上がる。驚いた私に、ヨークはにっこり笑った。

六角形の中央に触れると、バランスデータのようなものが出た。項目が六つあり、私の場合はＭＰだけが突出している。

「君は回復薬師でレベルはＣ級。なのにＭＰは三万を超えている。子供だから体力が低くて、全体のレベルが下がっているんだね。実際、君に対する世間の評価は不当に低いけど」

私は驚きの眼差しをヨークに向けた。

「もしかして、ヨーク様は……」

「僕も君と同じ回復薬師の目を持ってるんだよ。ただし、君以上に体力がなくてこの通り」

彼はそう言って、ボードに指を触れさせた。彼のＭＰは三万を超えていたが、体力がなく私と同じＣ級だった。彼は、これはＭＰやＨＰなどの能力を可視化したものだと説明した。

「能力を確認できるのは薬師だけ。それがどうにも不満だった。お父様は回復薬師の目がないから、ディアみたいにしょうもない人間を重用するしね」

「お父様……」

つまりは国王のことだろう。彼が話を続ける。

「これを使えば誰に実力があって、誰にないのかはっきりする」

「これ、ヨーク様が作ったんですか？」

「うん、以前はずっと寝てばかりで暇だったから。取ったデータは紙に起こして残してるんだ」

この少年が前世に生きていたら、きっと研究者になっていただろう。データを見せてもらっていたら、焦った様子のリュウリがやって来た。

「エリー、なぜここに……」

「お父様の説得は成功した？　リュウリ」

ヨークの問いに、リュウリがかぶりを振った。

「ザンガス国王にはわかっていただけませんでした。ヨーク王子」

改めて考えたら、私のような庶民が簡単に口をきける相手ではないのだ。頭を下げようとしたが、ヨークが顔をしかめてそれをとどめた。

「やめてよ。僕はそういうの嫌いなんだ」

「どうして私のようなものと会ってくださったのですか？」

「僕のこと、王子だと気づいているのに態度を変えなかったからかな」

ヨークは目を細めてくすくす笑った。天使のようだと思っていた笑顔は、小悪魔のように見えた。ヨークは椅子から立ち上がって、窓の方に歩いていった。彼は窓の外を見下ろしてつぶやく。

「お父様にはなにも見えちゃいないんだ」

「いきなり私のような子供が現れたら、疑うのが当然です」

「君の実力、僕はちゃんとわかってるよ。リュウリもね」

このふたりに理解されているのは心強かった。なにせ、以前は理解者などひとりもいなかったのだから。――もしかして、ドレスを送ってくれたのはヨーク様だったのかもしれない。

「僕の薬師になってほしいんだ」

思わぬことを言われて、私はぎょっとした。ここには宮廷薬師がちゃんといるはずなのに。

「そ、そんな。めっそうもありません」

「僕には仕えたくないってことかな？」

「そうではなくて……私にそんな資格はありません」

「君の作ったポーション、飲んだ瞬間に力がみなぎるのがわかった。ぜひ君に僕専用の回復薬を作ってほしい」

私は困った顔でリュウリを見た。リュウリも初耳なのだろう。戸惑った顔をしている。王子を助けたいという気持ちはある。しかし、私が宮廷に居座るなんて国王が許さない気がした。

そう言ったら、ヨークがふっと笑った。

「大丈夫だよ、エリー。お父様はあのパーティーを持ち上げるのに忙しいんだ。僕がなにをしてようと気にしない」

その言葉はひどくさめているように聞こえた。もしかしてヨーク様は、国王と仲が悪いのだろうか。国王に反抗するために私を登用しようとしている？　私はぎゅっと拳を握りしめた。

「でも……宮廷薬師はいい気分がしないのでは」

「僕を治せない薬師なんて、必要ないよ」

「とにかく、一度国王とご相談ください」

私の言葉に、ヨークは一瞬苛立ったように眉を寄せた。

「無駄だよ。お父様は僕を病弱な駄目息子だと思ってるから、意見なんて聞かないんだ」

「ヨーク様は駄目なんかじゃないです」

私の言葉に、王子が目を瞬いた。私はカバンから出した万能ポーションを王子に差し出し、満面の笑みを向けた。

「私、能力の可視化をするなんてすごいと思いました。こんなものしか用意できませんけど、これからもがんばってください！」

「あ、うん……ありがとう」

ヨークはポーションを受け取って、かすかに頬を染めた。彼はちらっと私を見て、照れたように言った。

「そのワンピース、すごく似合ってるね」

「これをくださったの……ヨーク様じゃないんですか？」

そう尋ねたら、ヨークがかぶりを振った。国王でも王子でもないとしたら、この服を送ってくれたのは誰なのだろう。

私はリュウリと共に王子の部屋を出て、宮廷の出口へ向かった。回廊の向こうにディア率いるパーティーの姿が見えたので、びくりと震えてリュウリの背後に隠れる。ディアはこちらに気づいて目を細めた後、ゆっくりと近づいてきた。

私はリュウリの袖をぎゅっと掴むと、彼が優しく頭をなでてくれた。見上げた先でかち合った視線は、大丈夫だとそう言っているように見えた。

ディアはリュウリの正面に立って小首をかしげた。

「よお、竜騎士様。そのガキはどこでつかまえてきたんだ？」

「彼女は新しい道を歩んでいるんだ。君に対する不平を漏らすこともなくな」

「不平？　使えないガキを二年もパーティーに置いてやって、そんなこと言われる筋合いはないね」

その言葉に、ずきっと胸が痛くなった。リュウリはなだめるように私の背中を叩いて、ディアを見据えた。

「彼女に謝れ」

「はあ？　どうして俺が謝らなきゃならないんだ？　俺が拾ってやらなきゃ、そのガキは今頃この世にいないんだぜ」

「その意見には賛同しかねる。君ではない誰かに拾われたら、彼女はもっと幸福だったはずだ」

リュウリの冷たい言葉に、ディアは怒りをあらわにした。ディアは剣を引き抜いて、リュウリに突きつける。

「ムカつく奴だな。俺と勝負しろよ。負けたら謝ってやるからさ！」

「宮廷での決闘は禁じられている」

「そんなこと知るかよっ」

ディアは合図もなしにリュウリに斬りかかった。リュウリは抜刀するつもりはないらしく、すばやくディアの剣をよけて彼のうなじに手刀を振り下ろした。うっとうめいたディアは、そのまま回廊の床に倒れた。

「うわ、ダサい」

パーティーの中の誰かがつぶやいた声が聞こえた。
ディアは真っ赤になって起き上がり、めちゃくちゃに剣を振り回した。

「うわあああ！」

リュウリはため息をついて、ディアの腕を掴んでひねり上げた。ディアはぎゃあっと悲鳴をあげて剣を取り落とす。

悶絶しているディアを醒めた目で見下ろして、リュウリは私に「行こう」と言った。ディアの方に駆けていった薬師の女性が、私の方を見てふっと笑った。たしか……ユラさん。あの人が、私の代わりにパーティーに入ったんだ。ディアはなにかわめいていたが、リュウリはそれを無視して私の背を押した。

宮廷を出た私は、リュウリに頭を下げた。

「すみません、ディアがあんなことして……」

「なぜ君が謝るんだ？　もう無関係なのに」

そう言ったリュウリは少し不機嫌そうだった。あんなうっとうしい絡まれ方をしたら、機嫌が悪くなるのも無理はない。おどおどと見上げたら、彼のまとっている空気が和らいだ。

彼は私を竜の背中に乗せ、手綱を引いた。竜が翼をはばたかせると、その巨体がふわりと浮き上がった。竜が翼をはためかせるたびに、池に浮かんだ美麗な宮廷が遠ざかっていく。その様子を眺めていたら、リュウリが口を開いた。

「店に帰る前に、少し寄り道していこうか」

「寄り道、ですか？」

「ああ」

でも、仕事が忙しいんじゃないだろうか。そう言ったら、ちょっとくらいはいいと返ってきた。なんだかリュウリ、変わった気がする。

リュウリは王都デルタ地区から森へと出て、竜を飛行させていた。彼が向かったのは、以前来たことがある湖だった。

ここって……最初にリュウリと出会った場所だ。

彼は竜を静かに着地させ、私に手招きをした。木々の向こうに、子育てをしているユニコーンの姿が見える。眠そうに親にもたれる子供のユニコーンは、まだ角も短くあどけなくて愛らしかった。

わあ、かわいい……。

思わず目もとを緩めていたら、リュウリがささやいてきた。

「君だけなら、ユニコーンに触れられると思う」

「え？　で、でも……」

「頭を低くしていれば、相手も怒らない。行っておいで」

ユニコーンは少女が好きだ。逆に男性の姿を見ると、怖がって逃げていってしまう。

リュウリに促され、私はおずおずとユニコーンに近づいていった。草を踏む音に反応して、ユニコーンがこちらを向いた。まつげに覆われた幻想的な瞳が私をとらえている。おずおずと腕を伸ばしそっと角に触れると、ユニコーンが心地よさそうに目を閉じた。

かわいい……。

大人のユニコーンをなでていると、子供のユニコーンが私の足にすり寄ってきた。私は身をかがめ、子供の毛に触れた。汚れひとつないやわらかな毛は、まるでシルクのように手触りがいい。無垢な生き物に触れていたら、さっきディアに会った時のことなんてすっかり頭から消えてしまった。

その時、がさりと音が響いて茂みから男性が現れた。ユニコーンの親子は驚いたのか、跳ねるようにして逃げていってしまった。

ああ、行っちゃった……。

リュウリはとっさに剣の柄に手をかけたが、現れた男を見て剣から手を離す。どうやら知り合いのようだ。彼は狩猟着をまとっていて、肩に猟銃を担ぎ、袋を持っていた。彼は私とリュウリを見比べて目を瞬いた。

「君たちは……」

「エバンス卿《きょう》ですね。デルタ第三地区の領主でいらっしゃる」

「ああ。君は竜騎士か？」

「はい、竜騎士団長のリュウリと申します」

リュウリはそう名乗った後、男性の担いでいる猟銃に視線を向ける。

「ここでなにを？」

彼は袋を掲げ、兎を獲っていたのだと言った。

「そうだ。なんなら、屋敷で一緒に食べないか」

「いえ、私は宮廷に戻らねばならないので」

リュウリは遠慮したが、タイミングよく私のお腹がぐるると鳴り響いた。赤くなった私を見て、エバンスがくすっと笑った。

「遠慮することはない。狩りが成功していい気分なんだ」

私とリュウリは竜に乗って、エバンスは馬でデルタ第三地区へ向かった。身分証を見せて第三地区の門をくぐって中に入り、屋敷への道を進む。

途中、リュウリが寄りたいところがあると言った。エバンスが到着するまでにまだ時間があるだろうから、先に用事を済ませたいのだそうだ。

彼が向かったのは花屋だった。リュウリはそこでピンクのガーベラを買って、再び竜にまたがった。

そういえば、この前もガーベラを買っていたっけ。もしかして、女性に渡しにいくのだろうか……。

そう思ったが、リュウリが向かったのは教会だった。リュウリは教会には入らずに、併設されている墓地に向かった。墓地には十字の形をした真っ白な墓石が並んでいる。リュウリはとある墓石の前で立ち止まって花を供え、手を合わせた。

墓石には「ナギ・エルヴィン」と彫られている。それを見て、私はハッとした。ここは妹さんのお墓だ――。リュウリはそっと墓石をなぞってつぶやいた。

「今日はナギの命日だ」

だから寄り道をしようって言ったのかな。今日は特別な日だから――。

「ナギはガーベラが好きだった」

「そう、なんですか」

「ああ。よくピンクのものがいいとねだられたが、高価で買ってやれなかった。大人になったらいくらでも買ってやると言ったら、うれしそうに笑っていた」

それも叶わなくなってしまったのだ。ヒドラのせいで――。なんと言っていいかわからずワンピースの裾を握りしめていたら、リュウリが苦笑した。

「すまない、しんみりさせたな」

私は必死にかぶりをふって、リュウリの隣にしゃがみ込んだ。手を合わせて、ナギの冥福を祈った。せめて、この地で静かに眠れますように。

墓参りを済ませた私たちは、再び竜に乗ってエバンスの屋敷へ向かった。

屋敷の門には、百合の紋章が描かれていた。

先に帰っていたエバンスは、いったいどこに行っていたのかと聞きたがった。リュウリはそっけなく「私用です」と言って屋敷の中に入っていった。エバンスは肩をすくめて愛想のない男だなとささやいてきた。たしかにそっけないところはある。でもリュウリは優しい方だ。私が出会った人のなかで、誰よりも優しくて寂しい人だ。その寂しさを埋めるすべを、ただの子供である私は持ち合わせない。リュウリ自身、そんなこと望んではいないだろうけれど。きっといつか、彼にふさわしい綺麗で優しい女の人が現れるだろう。

エバンスは私たちを食堂に招いて、ご馳走を振る舞ってくれた。メインディッシュである兎の香草焼きは捌いたばかりだからか生ぐささがなく、香ばしくておいしい。夢中で食べていると、エバンスがなぜあんなところにいたのかと尋ねてきた。

「君たちは王都に行ったはずだろう？」

「ええ、そうなんですが……ちょっといろいろあって」

「いろいろとは？」

私とリュウリは顔を見合わせた。私はもはや何度目かわからない、ここに至るまでの説明をした。話を聞いたエバンスは眉根を寄せた。

「ディアは君のような子供を追放し、手柄を独り占めにしたと？」

「そうなんです。しかもヒドラを倒したのは本当はリュウリさんで……」

「エリー、そのことは言わなくていい」

リュウリに釘をさされて、私は慌てて口をつぐんだ。エバンスは鷹揚な口調で言う。

「そういうことなら、私が力添えしよう」

「でも……エバンス卿にとっては不利になるのでは？」

「なに、私は国からの恩恵を受けずとも、自営でやっていけているからね。それに君たちのおかげで狩りができるようになって、こうしてうまい兎が食えるわけだ」

私はぱっと表情を明るくしたが、リュウリはなぜか冴《さ》えない顔をしていた。私は、いったいどうしたのだろうと彼の表情をうかがった。リュウリはナイフとフォークを置いて、真剣な顔をエバンスに向けた。

「エバンス卿、エリーの名誉を回復するのはやぶさかではありません。しかし、くれぐれも私がヒドラを狩ったことは内密にしていただけますか」

「どうしてかね。本来は君の手柄なのだろう？」

「陛下はディアのパーティーを取り立てていらっしゃいます。事実があきらかになれば、陛下の汚点となります」

「なるほど……騎士の鑑だね、君は」

エバンスは感心した顔で言って、けして口外しないことを約束した。リュウリは礼を言って、食事を再開した。

私はその横顔をじっと見ていた。リュウリはなにも欲しがらない。それは、幸福になるのをあきらめているからなのだろうか。

箱の中に入っていたメッセージカードのことを思い出す。カードには【あなたの幸福を祈っています】とあった。

私はリュウリさんに、幸せになってほしいな……。

私とリュウリはエバンスから陛下にあてた手紙を受け取って、エバンス邸を後にした。

後日、私たちは再び国王に奏上していた。国王はエバンスからの手紙を片手に、私とリュウリを見比べた。

「このエバンスというのは、どういう男なのかね」

「交易で利益を得ているようで、かなりの資産家のようです」

リュウリの言葉を聞いた国王はしばし考えるそぶりをし、ディアを呼んでこいと言った。

やって来たディアは、先日リュウリによって負傷させられた腕に包帯を巻いている。ディアは私とリュウリを見て緋色の目を細めた。彼はあえて私たちを無視し、国王の前に膝をついた。

「お呼びでしょうか、陛下」

「ディアよ、君はこのエリーという子供を知っているか」

「いえ……見たこともないですね」

しらばっくれるディアに、国王は手紙を差し出した。

「しかし、エバンス卿の手紙によれば、パーティーにはエリーがいたはずだと書いてある」

ディアは手紙を目にして舌打ちしそうな顔をした。それからなんとか取り繕って続ける。

「陛下、エリーは見ての通りただの子供です。S級の冒険者を目ざすには、彼女は足手まといだった。だから追放したんです」

「それはまったくの逆だ」

リュウリはそう言って一歩進み出て、懐からポーションを取り出した。

「これは彼女が作ったポーションです。飲んでみていただければ効能がわかります」

「陛下、そんな得体の知れないものを飲んではいけません」

ディアはリュウリの言葉を必死に打ち消そうとする。ふたりが睨み合っていると、第三者がやって来た。金髪碧眼の美少年、ヨークである。国王はヨークを見て眉をひそめた。

「ヨーク、なぜここに来た。おまえは呼んでいないぞ」

「お父様が恥をかく前に、過ちを正して差し上げようと思ってね」

彼はそう言ってボードを取り出した。国王は、それはいったいなんだと尋ねる。

ヨークは答えずにリュウリとディアの方に近寄っていった。そしてヨークはふたりにボードを差し出して、触れるように言った。リュウリが指を触れると、虫の羽音のように低い音が響き、ボードにバランスデータが浮き出た。

リュウリのＭＰは十五万を超えていた。防御力も以前と比べて格段に上がっている。体力、精神力などと合わせてＳ級の魔剣士だという結果が出た。

このボードがどういうものか気づいたのだろう。ディアはそれを見て顔を引きつらせている。

ヨークはにっこり笑ってボードを差し出した。

「はい、君もやってみて」

「お、俺はこんなものやらない」

「どうして？　ヒドラを斬った魔剣士のＭＰがどんなものか、みんな知りたがってるはずだよ」

ヨークにそう言われても、ディアは動こうとしなかった。数値を測ったら最後、リュウリに大きく劣ると知られてしまうからだ。その時、蒼白になっているディアに味方が現れた。

「陛下、そんなボードは無意味ですわ」

王の間に入ってきたのは妖艶な女薬師のユラだ。彼女はディアに寄り添って、艶のある笑みを浮かべた。

「だって、それが正しいという証拠はないでしょう？」

その言葉に、ヨークがムッとした。彼女の言葉は言いがかりだ。あのボードが示す数値は間違いなく合っている。ＭＰやＨＰを見ることができる回復薬師ならば、そのことがわかるはずだ。国王はボードの正否を確かめると言って、宮廷薬師のハロルドを呼んだ。ヨークはあきらめたような表情で国王を見る。

「お父様、僕を信じないんだね」

「息子を盲信するような人間にはなりたくないのだ」

「赤の他人の言うことは簡単に信じてるくせに」

皮肉っぽく言ったヨークを、国王が睨んだ。このふたりの間に確執があるのは、たしかなようだ。

やって来た宮廷薬師のハロルドは、事情を聞いてボードを受け取った。彼はボードを検分したのち、鼻を鳴らして「おもちゃですな」と言った。ヨークはハロルドをキッと睨みつける。

宮廷薬師はボードを伏せ、そもそもこんなものは必要ないと言った。

「我々回復薬師は戦闘力が見えているのだから」

「なら、ディアの戦闘力を言ってみなよ」

ヨークは冷たい声で言った。宮廷薬師はディアをちらっとみて咳払いした。

「一万五千です」

「そんなしょぼいMPでヒドラが倒せるって本気で思ってる？」

「王子、ディア様は陛下が取り立てていらっしゃるお方ですぞ」

「だからなに？　お父様が取り立てたら忖度《そんたく》するってこと？　だったら僕たちはなんのために

この目を持ってるの？」

ヨークは珍しく声を荒らげていた。宮廷薬師もユラも、自分の立場を守るために嘘をついている。ディアを取り立てた国王に恥をかかせないために。

でもそれは間違っている。本当に実力があるのはリュウリなのだから。彼がいなければ、ディアたちはみんなヒドラに殺されていたはずだ。

黙っていることができなくなって、私はディアに指を突きつけ叫んだ。

「そもそもヒドラを倒したのは、リュウリさんです！」

「エリー！」

リュウリが珍しく焦った表情でこちらを見た。国王は眉をひそめている。

「なんだと……？　エリーとか言ったか？　おまえはいったいなにを言いだすのだ」

「リュウリさんはヒドラの毒で死にかけました。私はそれをお助けしたんです」

「エリー、やめるんだ」

リュウリは私をかばうように立って、国王に頭を下げた。

「申し訳ありません、陛下。エリーの言ったことは忘れてください」

「――そうする。エリーとやらだけ残りなさい。ほかの者は皆下がれ」

ディアはそそくさとその場を去っていき、ヨークは苛立った顔でそれに続いた。

一方リュウリは心配そうに私の方を見ていたが、ヨークに促されて部屋を出ていった。私は国王と向き合った。彼はじっとこちらを見て、「おまえの要求を述べよ」と言った。

「要求なんてありません。私は、リュウリさんに報われてほしいのです」

「リュウリには十分な褒章を与えている。彼は史上最年少の竜騎士団の団長だからな。あの若さでは使いきれないほどの富を与えている。彼は真面目なのでろくに使っていないようだがな」

「そういうことじゃないんです」

お金とか、名誉とか、リュウリに必要なのはそういうものではないのだ。

彼に必要なのは、生きていてよかったと思えるようななにかだ。国王がリュウリを認めることは、リュウリにとって生きる糧になるはずなのだ。

だが私の言いたいことは、国王には通じなかったようだった。

「宮廷薬師になりたいのなら手を回してやろう。褒章も十分に出す。だからこれ以上私やディアたちをわずらわせるな。よいな?」

「陛下、待ってください!」

国王は臣下に命じて、私を部屋の外に連れ出させた。放り出されるようにして扉から出された私を、待っていたリュウリが抱きとめる。

「もういいんだ、エリー」

「でも……っ」

泣きそうになっている私の背中を、リュウリがそっとなでた。私はやっぱり、リュウリの助けにはなれないのかもしれない。

泣きはらした顔でリュウリと共に歩いていくと、廊下の壁にヨークがもたれていた。ヨークはボードを手に、悔しげな顔をしている。彼の努力は功をなさなかったのだ。

「可視化してもお父様には理解できなかったみたいだ。残念だね」

彼はそうつぶやいて、ボードを床に放って歩いていく。リュウリは私に「送っていくから待っていろ」と言って、ヨークを追いかけていった。

私はボードを拾い上げ、そっと表面をなでた。

◇◇◇

俺は王の間に向かって歩いていた。あの後部屋の外から呼びかけてみたが、王子は出てこなかった。

エリーを送り届けて戻った直後、国王に呼び出された。王の間の扉をくぐると、国王のかたわらにディアが立っているのが見えた。

なんとなくなにを言われるのか予想しつつ、俺は国王の前に進み出た。膝を折って淡々とした口調で尋ねる。

「お呼びでしょうか、陛下」

「本日より、私の護衛はディアに頼む」

ディアは勝ち誇った顔でこちらを見ている。俺は冷静な声を出した。

「しかし、彼は負傷しています」

「だからなんだというのだ？　信用ならない騎士よりはずっといい」

どうやら、俺が国王に恥をかかせようとしたと誤解されているようだ。

こちらの評価を下げるのはかまわないが、ディアを重用するのは国王自身の危機につながる。

そう思った俺は、竜騎士団の副団長であるルイを護衛にしてほしいと進言した。

「ふん――いいだろう。それと、あのエリーとかいう娘のポーションを竜騎士団で使っているらしいな」

国王は目を細めて了承すると、エリーについて尋ねてきた。

「ええ。彼女の作るポーションは非常に評判がよくて」

「今すぐ使うのをやめよ」

俺は思わず言葉を失った。彼女に圧力をかけるつもりなのか。あんな小さな子供に。

俺は『お待ちください』と言ったが国王は俺を無視して去っていった。ディアが馬鹿にしたような顔でこちらを見て、国王の後についていき姿を消した。

それ以来、ディアはますます宮廷での存在感を増していった。竜騎士団の訓練所を占領したり、廊下ですれ違うたびに煽ったりして竜騎士団の者たちを苛つかせた。もしいさかいになれば国王に非難されるのは竜騎士団の方だ。彼はそれをわかっていて挑発してくるのだ。ディアがこちらを敵視するのは、俺に恥をかかされたせいだろう。先日ディアを痛めつけたのはやりすぎだったと思った。しかしあの時は、エリーを悪し様に言われて腹が立っていたのだ。

「なんなんすかあのディアとかいう奴っ、ちょーむかつくんすけど」

サイは勢いよくロッカーを閉めてぶつぶつ言った。ルイが冷静な口調で続く。

「君に同調することはないと思っていましたが、それに関しては同意します」

「それに、なんか力が出ないんスよねー。エリーちゃんのポーション飲んでないからかなあ」

「ええ。あのポーションを飲まないと一日が始まらない。個人的に買いにいくつもりです」

「あ、じゃあ俺も行くっす。店の様子も気になるし」

ルイとサイはそう言ってロッカールームを出ていった。

あのふたり、あれだけ仲が悪かったのにエリーのことになると結託するのだな。

俺はふっと笑ってロッカールームを出た。

回廊を歩いていると、なにかが飛んできたので片手で弾き飛ばした。視線を下に向けると、小刀が床に突き刺さっていた。手を見下ろしてみたが、痛みはないし切り傷もない。たしかに刃物に触れた感触があったが……。

じっと手を見下ろしていると、拍手の音が聞こえてきた。視線を向けると、ディアがこちらを見ていた。彼は拍手をやめて緋色の目を細める。

「さすが竜騎士団長様。素晴らしい反射神経だな」

「――なにか用か」

「いやあ、来週パレードをやることになってさ。ヒドラの首を掲げるんだよ」

ディアは横柄な口調で言って、こちらに流し目をした。優越感と嘲笑が混じった瞳だ。

「おまえら竜騎士団は整理係だってさ。俺のために、きちんとパレードが実行されるようにしてくれよ」

「わかった」

ディアは眉を上げて俺の顔を指差してきた。

「あんたってさ、プライドとかないわけ？」

「誇りはある」

そう言ったら、ディアは退屈そうな顔になり言葉を返すことなく歩いていった。

どんな仕事であれ手を抜くつもりはない。しかし……あの首を掲げて街を練り歩くのはどうかと思った。

回廊の向こうから、ディアが国王と談笑する声が聞こえてくる。

俺は小刀を拾い上げて、自分の手のひらにあててみた。力を入れて引いたが、傷ひとつついていなかった。

これは……エリーのポーションのおかげなのだろうか。

俺は、ふとある人の姿を思い出した。ポーションの効果がたしかだとしたら、彼にもなにか変化があるはずだ。俺はすっと踵を返し、小刀を手に歩いていった。

王子の部屋の扉の前に立ち、ノックする。返事がないので失礼します、と言って扉を開けた。王子はぼんやりとした顔でベッドに寝転がっていた。俺の姿を見ると、力なく片手を上げる。

「ああ、リュウリ……」

「具合がよろしくないのですか、ヨーク王子」

「べつに。なにもやる気にならないだけだよ」

王子はのろのろと起き上がって、ベッドに腰掛けた。熱はないようだが、覇気がなくてだるそうに見える。これは精神的な問題だろうか。俺は彼の肩にショールをかける。王子はショールを体に巻きつけ、青い瞳でこちらを見上げてきた。

「なにか用事だった？」

俺が王の間での一件とポーションの効果の話をすると、王子が目を瞬いた。その瞳は、さっきと比べて好奇心で輝いていた。

「おそらく防御力が上がっているのだと思います」

「すごいね……その成果をお父様に見せよう」

「今はおそらく、なにを言っても無駄でしょう」

国王の心を動かすのは、数値や結果ではないのだ。ザンガスが王子や俺を遠ざけるのは、苦言を聞きたくないからだろう。だからといってディアを頼るのは間違っている。どうすれば王が過ちに気づくのか、俺にはわからなかった。ふと、王子がつぶやいた。

「ねえ、エリーはどうしてるかな」

「ルイたちが店に行くと言っていましたが」

「僕も行きたいな……」

王子は憂鬱そうな顔でつぶやいた。

最近はずっと調子がよかったのに……。エリーに会わせたら、少しは王子の気が晴れるだろうか。

俺は窓の外で降り始めた雨をじっと見た。

第四章　謎のやまい

快晴の下、宮廷へ至る道路やギルド街の入り口には人だかりができていた。ディアたち一行をたたえるべく、ヒドラの首を掲げたパレードが行われるのだ。みんな化け物退治をした英雄に興味津々なのである。

しかし、私はパレードなんて見向きもせずせっせとポーションを作っていた。

――リュウリさん、どうしてるかなあ。

最後に会ったのは一週間前。エバンスからの手紙を国王に届けたあの日だ。国王に放り出された後、リュウリはエリーを店まで送ってそのままなにも言わずに帰ってしまった。それ以来彼は店に来ない。それに、竜騎士団に納品するポーションの注文書も届かなかった。

ヒドラを倒したことを勝手に話してしまったから怒っているのだろうか。約束を守らないなんて、最低な子供だと思われたかもしれない。

ため息をついていたら、ペンが声をかけてきた。

「エリー、こぼれとるで」

「え？　わあっ」

試験管に入れていた薬液が、容量を超えたせいであふれていた。慌てて拭いていると、ドアベルの鳴る音が響いた。ペンはぴくっと耳を揺らして、来客やと言った。

来客？　こんな日に誰だろう。国民はみんなパレードを見にいっているはずだ。

厨房から出て店に向かうと、小柄な人影が見えた。そのかたわらにはリュウリが立っている。

――リュウリさん！

リュウリに駆け寄ろうとしたら、小柄な人影がすっと前に出た。彼はかぶっていたフードを取って、天使のような顔で微笑みかけてくる。

「やあ、エリー」

「王子……」

私はリュウリとヨークを奥に招き、ポーション入りのお茶を振る舞った。しかし、リュウリは職務中だと言って固辞した。やっぱり怒っているのかな。そわそわとリュウリをうかがっていたら、ヨークが口を開いた。

「君は店にいると思ったよ。パレードには興味がないだろうからね」

「ええ、でも……私に会いにきて大丈夫なんですか？　陛下は私をよく思ってらっしゃらないのに」

「僕は僕の好きにするさ」

ヨークは紅茶をひと口飲んで、ふっとその長いまつげを瞬かせた。

「これ、ポーションが入ってる？」

「ええ、リュウリさんのは魔力増強のポーションで、王子のは体力回復のポーションです」

私はポーションの瓶を持ってきて、テーブルに並べた。ヨークは澄んだ碧眼でしげしげと瓶の中身を見比べている。

「綺麗な色だね」

「ええ、でもあんまり売れなくて」

肩を落としていると、実績がないからだ、とヨークが言った。私は身を乗り出して、どういうことかと尋ねた。ヨークは肩をすくめて答える。

「ドラゴン薬局は忘れ去られた店だ。ここを訪れる客も、名前を聞いてピンとくる客もいない」

露天販売したらチンピラに邪魔されたと話すと、露天で売っても効果はないと言われた。リピーターも増えないし、話題にもなりにくいと。

「このポーションを飲んだらこうなった、っていう実績がないとね。凶悪なモンスターを倒したとか、病気がよくなったとか」

「私はエリーのポーションを飲んで、一命を取りとめました」

リュウリの言葉に、ヨークが肩をすくめた。

「でもそのエピソードは使えない。お父様に黙ってろって言われたでしょ？」

普通のポーションよりあきらかに効くことを証明しないと意味がないのだと、ヨークは言った。

ヨークは魔力出力ボードを取り出し、グラフをふたつ表示した。いずれもＭＰが十万単位を超えている。

「これはリュウリの一ヶ月前のＭＰを測ったもの。で、こっちが最近。ＭＰだけがぐんと上がってるでしょう」

「ええ……たしかに」

「これはたぶん、魔力増強ポーション入りのお茶を飲んだからじゃないかな」

ヨークは次に、彼自身のグラフを出した。体力が以前より伸びている。ポーションを飲んで実際に効果が出ているので、これは実績になるとヨークは言った。

「論より証拠、このグラフを客に見せればいいいんだよ」

「プレゼンですね」

「ぷれぜん？」

キョトンとしているヨークに、私は慌ててかぶりを振った。

「い、いいえ。店頭で試してもらって、実際に数値が上がるのを見てもらうのもいいですね」

「そうだね。あと、こうやって紅茶に入れるっていうのはいいかもね。気軽に試せるし」

私とヨークの会話を、リュウリはじっと聞いている。

なにを考えてるんだろう……。ちらちら見ていたら、視線が合いかけた。私が口を開こうとしたその時、外でガタッという物音が聞こえた。リュウリは目つきを鋭くして、様子を見てくると言ってその場から立ち去った。

彼の姿を目で追っていると、ヨークが私の顔の前でひらひらと手を振った。

「聞いてる？　エリー」

「あ、き、聞いてます」

私は慌ててヨークの方を向いたが、頭の中ではリュウリの様子が気になっていた。ヨークもそのことに気づいているようで、肩をすくめて話すのをやめた。

「あの……リュウリさんは、どんな様子ですか」

「変わりないように見えるけどね……」

ヨークが言葉を濁したので、どうかしたのかと尋ねる。

ヨークは肩をすくめ、国王とリュウリの関係がよくないのだと言った。

あの一件以来、国王は目に見えてリュウリを避けるようになったという。リュウリが事実を暴露しないかと怯えているのかもしれない。ディアの方は逆で、なぜかリュウリを見るたびに敵愾心《てきがいしん》を燃やしているそうだ。国王はディアばかり連れ歩いていて、竜騎士団長であるリュウリの立場がないのだとか。

「最近宮廷に、リュウリがディアに嫉妬しているという噂が蔓延《まんえん》してるんだよ。バカバカしいでしょ?」

リュウリはべつになにを言われても気にしていないが、竜騎士団員たちが怒っているらしい。

「リュウリさんは、それでも反論したりしないんですよね」

「そうだよ。それがリュウリだ。でも腹が立つよね」

「……私になにかできないでしょうか」

「エリーは元気にしてればいいんだよ。君といれば、リュウリの雰囲気が多少やわらかくなる」

戻ってきたリュウリは、風の音だったようだと言った。

ヨークに付き従っているリュウリは、いつもと変わりないように見える。でもこの人は、つらくてもそれを表に出さない……。

私の視線に気づいたリュウリが、どうかしたかと尋ねてきた。私はかぶりを振って、なんでもないですと笑ってみせた。

その後、ヨークはポーションを購入して、リュウリと一緒に帰っていった。

ふたりが帰るのを見送った私は、厨房をうろうろしていた。ポーション作りに戻るには、集中力が欠けていた。床にねそべったペンが、うろんな目でこっちを見ている。

「なーにをうろついとるんや、エリー」

「ねえ、ペンなら落ち込んでる時に、なにをしてもらったらうれしい？」

「そんなもん、飯食って寝たら元気になるやろ」

猫は単純でいいなあ。でもたしかに、こないだオムライスを作ったら喜んでもらえたよね。

サンドイッチでも作って、宮廷に持っていこうか。スタンプカードはだいぶたまっていて、あとひとつで食パン一斤がもらえる。まさにナイスタイミングだった。私はスタンプカードを手にパン屋に向かった。

ギルド街はパレードの興奮に酔っていた。みんな盛り上がってるんだなあ。街のみんなが楽しそうなのはいいと思うけど、真実を知っている身としては複雑だ。

プリオールにたどり着いた私は、ドアを押し開けて中に入った。カウンターの向こう側にいる奥さんに声をかけようとして、ハッとする。椅子にもたれかかっている彼女の顔色が悪かったので、急いで駆け寄って肩に触れる。

「どうかしたんですか⁉」

奥さんはのろのろと顔を上げた。彼女の優しげな顔はいつもと違って真っ白になっていた。

これは……尋常ではない。私は急いで彼女の脈を取った。非常に弱くて頼りない。今すぐ病院に行った方がいい。そう説得したが、彼女はかぶりを振った。

「大丈夫……店番があるし」

「店番なら私がしますっ」

その時、水を手にした店主が出てきた。彼は私を見て「どうした」と尋ねてきた。私は彼に、彼女の脈がとても弱いことを教えた。奥さんは店主からコップを受け取り、ひと口飲んだ。

「一緒にパレードを見にいったんだが、めまいがしてるようだ」

私はふたりに病院へ行くように言って、店番を買って出た。

ちょうどパレードが予定の時間を終える頃、ふたりが店に戻ってきた。私は彼らに駆け寄ってどうだったかと尋ねる。

「かかりつけ医の診察を受けたが……原因がわからないと言われてな」

わからないってどういうことだろう。

店主によると、血液検査をして、結果が出るまで数日かかるらしい。それまで家で安静にしていろとのことだ。

そうだ、たしかポーションがひとつあまっていたはず。私はカバンから取り出した回復ポーションを奥さんに差し出した。奥さんは、ありがとうと言ってポーションを受け取りひと口飲んだ。しばらくすると、顔色が少しだけよくなった。

「どうだ」

奥さんの様子を見ていた店主が尋ねると、彼女は微笑んで楽になったわ、と言った。

「でも、なにが原因なんでしょうね」

「ただの立ちくらみだと思うわ。妊娠中は具合が悪くなることが多いのよ」

それならいいんだけど。

とにかく、血液検査の結果を待とうという話になった。店主は奥さんを支えて部屋の中に連れていき、戻ってきて私に声をかける。

「そういえば、買い物に来たんじゃないのか」

「あ、はい。食パンの引き換えをしに」

私はそう言って、スタンプカードを差し出した。店主はスタンプカードと食パンを引き換えてくれる。私は、またなにか異変があったら伝えてほしいと話した。店主はうなずいて、私を店の外まで見送った。

戻ってサンドイッチを作った私は、バスケットにそれを詰めて店を出た。しかし宮廷へ向かう途中、前方が妙に騒がしいことに気づく。ギルド街の出入り口には、門兵が立っていた。なんだかものものしい雰囲気だ。私は急いで門兵に近づいていって尋ねる。

「あの、なにがあったんですか」

「街で感染症の患者が出た。しばらくこの通りを封鎖し、出入りを禁じる」

そんな——じゃあ、宮廷には行けないってことなの？　それに感染症っていったいどういうことなんだろう。

私は困惑しながら、封鎖された通りを見ていた。

◇◇◇

「あー、いい気分だったあ」

オレは大きな寝台に仰向けに寝転んだ。高い天井を眺めながらニヤニヤ笑う。パレードの最中ずっと、熱視線と黄色い声を浴びるのは非常に快感だった。国王にエリーの件について問いただされた時はどうなるかと思ったが、べつに問題なかったな。

ふと、右手首がずきりと傷んだ。あのリュウリとかいう騎士にひねり上げられた手だ。骨も筋肉も異常がないはずだが、怪我をしてから一週間が経つのにいまだにズキズキと痛む。

「しっかし、全然この怪我治らねえな。薬師にポーション作らせるか……」

オレは新しい薬師であるユラの顔を思い浮かべた。色っぽいし美人だが、なにを考えているのかいまいちわからない女だ。でもまあエリーよりはマシだろう。あいつのめそめそした顔を見ていると気が滅入った。しかもあの小娘ときたら、二年間世話してやった恩も忘れて竜騎士の味方についたようだ。まったく信じられないガキだ。

憎々しく思いながら負傷した手首を見ていると、ノックの音が響いた。ドアを開けると、侍女が立っていた。

「ディア様、国王がお呼びです」

「ああ、すぐ行くよ」

微笑みかけたら、侍女が頬を染めた。ずっとここにいて王のご用命を聞くというのも悪くないな。

一攫千金《いっかくせんきん》の夢があるとはいえ、冒険者はしょせんフリーランスだ。誰も命の保証をしてくれないし、仕事も不安定である。このまま宮廷に住めるのならば、あくせくとモンスターを倒す必要もない。

そうだ。あの腹が立つ竜騎士団長の地位を奪ってやろうか。あいつが国王の暗殺を目論んでいるって噂を流すのはどうだろう。今の国王は周囲に対して疑心暗鬼になっているので、信じるに違いない。

オレは部屋を出て王の間に向かった。王の間に足を踏み入れ、黄金の玉座の前で膝をつく。

「お呼びでしょうか、陛下」

「最近、ユニコーンの乱獲が問題になっている」

ユニコーンは保護指定動物だが、その角には薬効があり、装飾品としての価値も高い。そのためかつては乱獲されていたが、今では全面的に狩りを禁じられている。

グリーンフィールドは広大でほとんどが手つかずの状態だ。指定保護動物法を破った処罰はかなり重いが、密猟者は後を絶たない。管理するのも限界があるので、国の保護機関も頭を悩ませているという。

本来ならこういった業務は竜騎士団の仕事のはずだ。思い浮かぶのは、あの無駄に強い竜騎士団長の姿だった。

あいつの戦闘力は十五万だと言っていた。ありえない数字だ。ＭＰが三万を超えれば化け物と呼ばれる世界。六桁超えなんてほとんど人間ではない。剣を交えることもなく理解できた。こいつには絶対にかなわないと。あそこまで強くなるのには、なにか妄執に似た想いがあるのかもしれない。

「陛下……竜騎士団にお任せにならないのですか」

そう言ったら、国王は苦い表情になった。

「リュウリは私に恥をかかせた。どうにも信用ならない」

国王はリュウリがヒドラを倒した真の勇者だと気づいたのだろうが、だからといってあいつが重用されるわけではない。こういう権力者というのはなによりもメンツを大事にするのだ。もっとも、オレにとってはこういう王様の方が付け込みやすくて助かる。

「おまえを信じて任せるのだ。頼んだぞ、ディア」

実際にオレを信じているわけではあるまい。ユニコーンを狩っているのはただの人間だ。そいつらを捕らえればいいのだから、モンスター退治なんかよりずっと楽ではないか。他人の手柄を横取りしたかいがあったぜ。

内心ほくそ笑みながら、オレは神妙な顔で頭を垂れた。

◇　◇　◇

街で感染症の患者が出てから二日が経った。依然感染者は増えているらしく、なかなか封鎖が解かれない。そんなわけで、店に来る客はますます減っていた。パン屋の奥さん、平気かなあ。どういう感染経路かはわからないけど、妊婦に病気がうつったら大変なことだ。

暇なので店の模様替えをしていると、ドアの外に人の気配がした。ドア越しに会話が聞こえてくる。


『ねー、本当にこんなさびれた店なのー？』

『でも、ほかの店にはいなかったじゃないか。きっとここだよ』

ドアが開いたと思ったら、数人の男女が現れた。よく見ると、以前ポーションを買ってくれたパーティーのメンツである。私は目を瞬いて彼らを見る。

「あの……？」

「ああ、すみません。この前のポーションがすごく効いたので、また買いたくて」

そう言うと、カウンターの前に並んだ彼らは順番に自己紹介を始めた。

魔剣士がケイトという男性、魔道士がメイという元気な女の子で、聖女がヴィヴィという名のおっとりした女性だった。どうやら薬師はいないらしく、三人構成のパーティーだという。

私が塗り終えた棚を運ぼうとしていたら、ケイトが声をかけてきた。

「俺、手伝おうか？」

「え、いえそんな、お客様に手伝っていただくわけには」

「いいのいいの。おいメイ、やるぞ」

「ほいきたっ」

私がおたおたしている間に、ケイトとメイは棚を運んでしまった。

一方、おっとり美人のヴィヴィはのんびりお茶を飲んでいる。私は手伝ってくれたケイトたちに体力回復ポーションを入りのお茶を淹れた。お茶を飲んだケイトは感心している。

「これ、ポーション入ってるんだよな？」

「すごいねっ、疲れがすっかりなくなっちゃった」

メイもそう言って笑っている。ヴィヴィは眠たいのかうとうとしている。

このパーティーの人たちは、みんなすごくいい人たちだ。子供だからといって、私のことを馬鹿にしたりはしないし、侮りもしない。

彼らが来店してくれたおかげなのか、ほどなくして続々と客が店に入ってきた。先ほどまでのゆったりした時間が嘘のように、私は接客に追われた。すると、寝ていたヴィヴィがすっと立ち上がり、私と一緒に売り子をしてくれた。

綺麗なヴィヴィにポーションを差し出されると、男性たちはぽーっとなった。メイとケイトは呼び込みにいってくれて、さらに客足が増えた。

おかげで、その日は目標金額を売り上げることができた。

ケイトは私に、どこで回復薬師の修業をしたのかと尋ねてきた。とくに修業はしていないと答えたら、ケイトが驚いたような顔をした。

「えっ、誰にも習わずにこの回復薬を作ったの？」

「レシピはギルドで公開してるのとほとんど同じです。私、パーティーにいたので」

「へえ、エリーって回復薬師だったんだ」

みそっかすだったんですけどね――。そう思っていたら、ケイトが真剣な顔で話しかけてきた。

「俺たち、明日この街を出るんだ」

「え？」

「見ての通り、俺たちのパーティーには薬師がいないんだよ。エリーみたいに優秀な薬師が欲しい」

「優秀なんて、私……」

「それに、この街にいても先はないよ。感染者は増える一方だし」

ケイトの言葉に、私は思わず身を乗り出した。

「感染のこと、なにかご存じなんですか」

「ああ。なんでもパン屋の妊婦が感染一号らしい」

私は息をのんで、ケイトの肩を掴んだ。

「それ、どういうことですか」

ケイトによれば、感染者はギルド街内にある病院にまとめて隔離されているそうだ。私は病院の名前を聞き出し、彼らに店を任せて急いで外へ出た。

病院の入り口から中に入ろうとしたら、見張りをしていた兵士に阻まれた。

「駄目駄目、ここは立ち入り禁止だよ」

「知り合いが入院してるんです」

「駄目だって言ってるだろう」

私は懇願したが追い返されてしまった。しょんぼりしながら歩いていき、プリオールへ向かう。店にたどり着いた私は、ハッと顔をこわばらせた。店はひどいありさまだった。

窓ガラスは破られ、壊された看板が地面に落とされている。私は急いでパン屋の中に入った。

数日前はおいしそうなパンが並べられていた店内には、ひとつも商品がなかった。私はカウンター内でうなだれる店主に近づいていく。

「店主さん」

「……あんたか」

店主はかぶっていた帽子を脱ぎ、ため息まじりにつぶやいた。

「妻が原因だって、周りからものすごい非難を浴びてな。うちの店はもうおしまいだ」

そんな。ここのパンが食べられなくなるなんて嫌だ。

「あの、奥さんはなんの感染症なんですか」

「わからん。ただ、うちのが最初に倒れて、隣近所に住む人たちの具合が悪くなった。後は芋づる式にパタパタと」

「できる限りでいいので、感染した順番がわかりませんか」

店主は紙を持ってきて、名前を書いていった。まず奥さん、隣の娘さん、その近所に住むご老人……。たしかにこの近隣で病が広がっているようだ。しかし、疑問がひとつある。

「店主さんは奥さんと一番長く過ごされていますよね？」

「ああ……」

「だけど、感染症はうつっていない」

「俺は昔から丈夫なのだけが取り柄だ」

たしかに、感染症は弱っている人やお年寄り、体力のない子供にうつりやすいものだ。

「奥さんに面会はしましたか？」

「患者は隔離されているから面会はできない」

しかし、まともな治療を受けているとは思えなかった。感染症の種類がわからない以上、対症療法しか取る手段がない。誰か病についてくわしく知っている人はいないのだろうか。たとえば患者をみた医師とか、薬師とか。その時、パン屋のドアが開いて数人の男性たちが入ってきた。

「おまえの女房のせいで、また感染者が出たぞっ」

「許せねえな。土下座して詫びろよっ」

店主は大きな体を縮こまらせ、頭を垂れている。私は店主を守るようにして立ち塞がった。

「待ってください！　悪いのは病気なのに、店主さんや奥さんを責めるなんておかしいです」

「ガキは引っ込んでろよ！」

石を投げつけられた私はビクッと震えた。どうして？　誰かを責めるより、その病がどこからきたのか、なにが原因なのか、感染経路はなんなのかを見つけるのが一番大切なはずなのに。

人々は次々と石を投げてくる。店主は私を抱きしめ、飛んでくる石から守った。彼の腕や足に石のぶつかる音を聞いて、私は体を震わせた。

こんなの間違ってる。

その時、ドアが開く音が響いた。私は戸口に立った人物を見てハッとする。

「り、リュウリさんっ」

リュウリが店に入ってくると、その場が水を打ったように静まり返った。街の人々は顔を見合わせ、ヒソヒソと話している。

「なんで竜騎士がいるんだ」

「街は封鎖されてるはずだろ」

「物資を届けにきたんだろうさ」

リュウリは彼らを見回し、怒りをあらわにした表情を浮かべた。

「子供相手にいったいなにをしているんだ」

「いや騎士様、俺らはこのガキじゃなくそいつに用があるんです」

男はそう言って、店主に指を突きつけた。リュウリはうなだれている店主をチラッと見た。

「彼がなにを？」

「そいつの女房が病をまき散らしたんだ！」

「どこにそんな証拠がある」

リュウリの言葉に、みんなが黙り込んだ。

「証拠なんてないけどさ……そういう噂があるんだ」

「証拠がないのなら、それは言いがかりにすぎない。そもそも、仮に君や君の家族が一号感染者だったらどうする」

「そんなわけねえ」

「なぜそう言いきれる？　本当に憎むべきは病であって、人ではない」

リュウリの言葉に、私は必死にうなずいた。そうだ。悪いのは患者ではない。感染症だ。

リュウリは腰に下げた剣の柄に触れた。

「俺の言うことが理解できないのなら、それなりの手段を取らせてもらう」

リュウリの静かな迫力に圧倒されて、彼らは去っていった。私は呆然とリュウリの背中を見上げていた。

「リュウリさん、あの」

声をかけようとしたら、リュウリがこちらを振り向いた。

「無事だったか、エリー」

「はい、私は」

私は一番ショックを受けているだろう人をちらりと見た。石をぶつけられたせいで、店主の体にはあちこちアザができていた。

私は店の奥で彼の手当をすることにした。奥さんが不在のせいなのか、部屋は荒れぎみだった。店主は生気をなくしたようにぼうっと座り込んでいる。

この人を助けたい。私がここで生きていくことを助けてくれた大事な人だから。

私は店主の手をぎゅっと握りしめ、「この店への攻撃をなくせるかもしれません」と言った。

店主とリュウリは驚いたようにこちらを見る。

リュウリの言葉が大きなヒントになったのだ。家族が第一号だったらどうするのか、という問いかけ。私は先ほど書いた感染者たちの名前を見せた。奥さんが最初の感染者だとしたら、彼女の身近に感染者がいないと不自然だ。

「だから、奥さんが本当に感染源だったとしたら、次にうつる可能性が高いのは店主さんで、その次は私とかかりつけ医なんです」

しかし、誰にも病はうつっていない。リュウリは眉をひそめて言う。

「しかし、病への免疫があれば平気ということもあるだろう」

「ええ。ですが私は体力のないただの子供です」

私の言葉を聞いて、リュウリが考え込んだ。

真偽を確かめるため、まずはかかりつけ医に会いにいこうという話になった。敵意を向けられている店主は外出が危険なので、私とリュウリが向かうことになった。

地図を頼りに向かった先には、先ほどの大きな病院とは違って、こぢんまりとした医院があった。

私はカウンターに手をついてひょこっと顔を出す。すると、受付のお姉さんが笑顔を向けてきた。

「どうしたの、お嬢ちゃん」

「あのっ、先生にお会いしたいんですが」

お姉さんはちらっとリュウリを見た。

「ごめんね、先生はちょっと忙しくて」

どういうことだろう？　私とリュウリは顔を見合わせた。次の瞬間、リュウリは大股で診察室へ向かった。受付のお姉さんが慌てて立ち上がったが、私は必死に彼女の足にしがみついて止めた。

リュウリが診察室を押し開けると、デスクに着いた医師がこちらを見た。彼はリュウリを見るなり「竜騎士か」とつぶやいた。リュウリは医師に近づいていって口を開いた。

「竜騎士団長のリュウリと申します」

「正義の味方の竜騎士団長様が、いったいなんの用だ」

「先生は感染症一号患者を診察されたそうですね」

「ああ。パン屋の奥さんだろう」

「でもっ、最初は感染症だとは診断していませんでしたよね！」

私はリュウリのうしろから叫ぶ。医師は私の方を見て顔をしかめた。

「なんだ？　その子は」

「彼女は薬師です。エリー、先生に君の考えを伝えろ」

私は医師に自分の考えを話した。パン屋の奥さんが感染第一号者だというのは間違いではないかと。

医師はじっと考え込んだ後、ドアを閉めろと言った。リュウリがドアを閉めると、医師は私たちに向き直った。

「そもそも、あれは感染症なんかじゃない」

「え……？」

「彼女が診察に来た時、すぐに診断を下せなかった。しかし、血液検査の結果で判明した。その後、診断結果について宮廷から意見を求められてレポートを出したが、無視された。それで、先日これが届いた」

医師は引き出しにしまっていた封筒を手にし、それをこちらに差し出した。リュウリは手紙を受け取って読み始める。

「宮廷医師および薬師、高官たちの意見を総合したところ、貴殿の見立てにはおおいに瑕疵《かし》があると考えられる。貴殿の診察した女性は感染症の第一号患者であり、ただちに隔離される必要がある……」

「先生は、どんな診断をされたんですか」

私の問いに、医師はこう答えた。

「あの血液を検査したところ、微量ながらとある毒素が抽出された。かなり強い毒素で、赤ん坊が摂取すれば死に至る量だった」

医師はそう言って、毒の成分表を差し出してきた。私はそれを受け取ってハッとする。

「この毒素は……テトロドトキシン系？」

私は困惑ぎみに医師を見た。

「どういうことなんですか？」

要するに奥さんの病は、感染症ではないということだ。

「宮廷が彼女を、感染第一号者に仕立て上げたということか」

リュウリの言葉に、医師がうなずく。

「どうしてそんなことを？」

私の問いに、医師はわからないとかぶりを振った。彼はほかの感染症患者を診察していないらしい。正確には、患者が来ても断っているという。

「そんな、苦しんでいる患者さんを放置するなんて」

「関わりたくないんだよ。君たちもこの件には関わり合いにならない方がいい」

医師はそれ以上なにも語らずに、私たちに背を向けた。医院を出た私とリュウリは、いったんドラゴン薬局に向かった。


薬局に戻った私はひとまずお茶を淹れて、リュウリと一緒に飲んだ。紅茶を味わいながら、頭の中を整理する。

奥さんは感染症ではないので、中毒症状を緩和すれば治る。間違った診断がされているということは、治療も誤っているということだ。

奥さん、大丈夫だろうか。今頃心細い思いをしているだろうな。

つん、と肩を突かれた私はハッとした。顔を上げると、リュウリと視線が合う。彼は私の手もとをすっと指差した。

「お茶がこぼれている」

私は慌てて、テーブルにこぼれたお茶をぬぐった。ぼうっとしていて無意識のうちにこぼしてしまっていたようだ。私はちらっとリュウリの方を見て尋ねる。

「あの……宮廷医師や薬師のハロルド様なら、なにか知っているでしょうか」

そうかもしれないと答えたリュウリの表情は冴えない。

「リュウリさん、調べてはもらえませんか」

「俺は竜騎士だ。エリー。宮廷に楯突くようなことはできない」

そうだった。

しょんぼりしてうつむいていると、ペンが口を開いた。

「ほなら、わいが調べたろやないか」

私は声のする方に視線を向けてぎょっとした。そこにいたのはすらっと細い猫だったのだ。

これってもしかしてペン？

私は彼のあまりの変貌ぶりに驚いた。

ダイエットしていたとはいえ、なんでいきなりあんなに細くなったのだろう？　恋の力……？

ペンはモデルさながらに私の足もとを歩きながら言う。

「このスリムボディでどこにでも入り込んだるわ」

「正気なのか。宮廷の思惑が絡んでるのに下手なことをすれば、君たちはただじゃ済まない」

リュウリはペンが細くなったことには頓着していないようだった。

「せやな〜。まあ、あんさんはぼーっと見とればええわ。わいらより、竜騎士団長としての立場の方が大事なんやろーしな」

ペンにそう言われて、リュウリの表情が硬くなる。私は慌ててペンを抱き上げた。

「ペン、リュウリさんを責めるようなことはやめてよ」

「せやかてエリ〜。こいつはしょせん宮廷の手先なんやで」

ペンは冷たい目でリュウリを見た。リュウリは気まずげに目をそらす。

そうだ。リュウリは王族に仕える騎士なんだから……。

ペンは私の手から床へと落下し、優雅な足取りで猫専用戸口の方へ向かった。

「まっ、さくっと病院に忍び込んで証拠を持ってくるさかい。待っとり〜」

ペンが立ち去ると、その場に沈黙が落ちた。リュウリがふっと口を開く。

「俺も失礼する」

私は、立ち去ろうとするリュウリの背中に声をかけた。

「リュウリさん、あの、助けてくださってありがとうございます。私、ひとりでなんとか病を食い止めてみせます！」

リュウリはなにも言わずに店を出ていった。私はぎゅっと拳を握りしめた。

そうだ。きっとなんとかなる。大丈夫、だよね……？

ペンが戻ってきたのは、夜になってからだった。ペンはくわえていた紙を私に差し出した。

私は紙を手に取って驚く。

「これ、隔離されている人全員ぶんの分析データだわ。すごいわね、ペン」

「ふっふっふ、わいの実力を見たかいな」

私はペンをなでて、猫缶すぺしゃるを与えた。分析データを読んでいると、ケイトたちがやって来た。

私は彼らのために紅茶を淹れて差し出した。彼らは紅茶を飲んで、「今朝の返事を聞かせてほしい」と言った。彼らのパーティーに入るかどうかという話だ。

ケイトはとてもいい人だ。メイもヴィヴィも悪意がなくてまっすぐで、こんなパーティーに入れたらいいなと思った。だけど――。私はケイトを見て微笑んだ。

「私、この店に残るわ」

その言葉に、ケイトは残念そうな表情を浮かべた。

「……どうして？　ペンをひとりで残すのが心配だから？」

「それもあるし――私やっぱり、パーティーに入るのが怖いから」

「前のパーティーでひどい目にあったって言ってたね。俺たちは、エリーを置いてけぼりにしたりしないよ」

ケイトの言葉は本心なのだろうと思う。だけど私には不安があった。今は優しくても、ケイトたちが豹変して私を捨てる可能性がないとは言えない。それに、私にはこの店でやることがある。

「私、この街に蔓延している病気がなんなのか調べたい。助けたい人がいるの」

「……そうか」

ケイトはため息をついて立ち上がった。彼は微笑んで、こちらに手を差し出してくる。

「エリーは生まれついての薬師だね。機会があれば、また会おう」

「いろいろありがとう、ケイト」

ケイトを始めとするパーティーのメンバーは、私と握手して店を出ていった。

入れ違いに入ってきたのはリュウリだった。リュウリはケイトたちを見送って目を細める。

「彼らは誰だ？」

「私をスカウトしてくれたパーティーなんです」

「スカウトか……」

リュウリは漆黒の瞳でこちらを見た。この目に見つめられるたびに、いろんな感情が湧き上がる。最初は綺麗だと思って、次に少し怖いと思った。冷たくて悲しい目だとも思った。今はその深い色に優しさが隠れていることを知っている。

「君の実力なら問題ないだろう。行く気はないのか」

「もちろんです！　私はこの店でギルド街のみんなを支えたいんです」

私が笑顔を見せると、リュウリがふっと表情を変えた。

「君は変わった子だ。いつも損な選択をする」

そう言ったリュウリの顔は、少しだけ泣きそうに見えた。

「リュウリさん……？」

リュウリは無言で顔を覆った。おずおずと見上げると、彼が手のひらを下ろした。その手を私の頭にのせる。大きくて温かい手。この人に頭をなでられると、いつも安心する。

「俺も君を助けたい。なにかできることはあるか」

「はい、もちろんです」

その時ガシャンと、ものすごい音を立ててガラスが割れた。リュウリはとっさに私を抱き寄せ、鋭い目を窓に向けた。割れた窓から風が吹き込んでいる。店の中に石が投げ込まれたのだ。

私はぞっとして、床に転がった石を見た。石には血文字で「消えろ」と書かれている。もしかして、昼間の人たちが――。リュウリは私を抱き寄せたままで言った。

「ここは危険だ。宮廷に行こう」

「でも、ギルド街からは出られませんよね」

「特別な許可があれば出られる。俺が一緒なら問題ない」

でも……ペンを置いていくのは気が引けた。

「あの、ペンも連れていっていいですか」

「わいは大丈夫や。さっさと行き」

ペンはそう言って、さっさと二階に上がっていってしまった。たしかに彼は普通の猫ではないけれど、本当に大丈夫だろうか……。いざという時のために、用意した餌に万能ポーションを入れた。私は二階に上がって、ベッドの上に寝転がっているペンに声をかけた。

「ペン、誰か来ても出ちゃ駄目だよ」

「わかっとるって〜」

ペンはしっぽでパタパタとシーツを叩いた。私は細くなった体をそっとなでた。ペンはこちらを見上げ、私を安心させるように「にゃあ」と鳴いた。身支度を終えた私は、リュウリと共に宮廷へ向かう。


竜から降りて宮廷の中を進んでいくと、応接室でしばらく待つように言われた。部屋で待っていると、ヨークが迎えに出てくれた。

「やあ、よく来たねエリー」

「王子、訪問の許可をくださりありがとうございます」

ぺこっと頭を下げると、ヨークがなにがあったのかと尋ねてきた。私は医師に送りつけられた手紙のことや、パン屋の奥さんが感染者に仕立て上げられたことなどを話した。

ヨークはじっと話を聞いていたが、足を組んでなるほどねとつぶやく。

「宮廷がなにかを隠すため、感染症をでっち上げたってことかな」

「おそらくは――この分析データを見てください」

私はヨークに感染症患者のデータを見せた。彼ならば理解できるだろうと思ったのだ。ヨークはデータに目を通し、眉をひそめる。

「どういうことかな。みんなテトロドトキシンの中毒症状が出ている」

「はい。おそらくは、集団でなんらかの毒を摂取したのだと考えられます」

きのこや山草などの中に毒性のあるものが交じっていれば、中毒症状を起こすことはある。しかし、食べ物から出たものなら感染症を装う必要はない。リュウリはぽつりとつぶやいた。

「宮廷によって、故意にテトロドトキシン毒がばらまかれた、とか?」

「故意ではないにせよ、結果的にそうなったんだと思います」

「まさか……」

眉をひそめたリュウリに、ヨークがどうかしたのかと尋ねた。

「私もテトロドトキシン毒に冒され、死にかけました」

「ああ、エリーが君を助けたって言っていたね」

「あの時私は、ヒドラに噛まれました」

リュウリはそう言って自分の腕をなでた。

私とヨークはハッとした。パン屋の奥さんは、ヒドラ討伐隊パーティーのパレードを見にいったと言っていた。そこではヒドラの首が掲げられていた。それが今回の病に関係あるとしたら――。

　おそらく、死んでもヒドラの体内には毒が残っていたのだ。切断面から出た微量な毒素が空気中に漂い、それを吸い込んだ人々が倒れたのだ。ヨークは苦々しい口調でつぶやいた。

「ああ……どうりで、あの首を見た後気分が悪くなったはずだよ。実際毒なんだから」

「王子、あの首は今どこに？」

　リュウリの言葉に、ヨークが肩をすくめた。

「お父様は剥製《はくせい》にするとか言ってるよ。勘弁してほしいよね」

「今すぐ焼却処分しなければ危険です」

　私がそう言ったその時、バタバタと足音が聞こえてきた。ヨークの部屋に、血相を変えた従者が飛び込んでくる。

「ヨーク王子！　陛下が……」

　私たちはハッとして、従者について走っていった。従者が向かった先はギャラリーだった。ヒドラの首がギャラリーに飾られていた。そのそばには国王が倒れている。ヨークが息をのんでそちらに駆け寄ろうとした。しかし、リュウリは彼を下がらせる。

「いけません、王子」

「でも、お父様が……！」

私は部屋に漂う毒気に口もとを覆った。長い間密室に置かれていたせいだろうか。なんてまがまがしい空気だろう。リュウリは私とヨークを下がらせ、部屋に入った。

駄目、そのまま入っちゃ——そう言おうとしたが、リュウリはかまわずに国王を抱え上げてこちらに戻ってきた。さすがリュウリだ。普通の人なら三歩で倒れていただろう。彼は従者に向かって叫んだ。

「ドアを閉めろ！」

従者が慌ててやって来て、ドアが勢いよく閉められる。こちらに駆けてきた医師たちが、国王のそばに膝をついた。医師は国王を診察し、青ざめた顔でこちらを見る。

「脈が非常に弱いです。かなりの中毒症状を起こしています」

「君たちはヒドラの毒について気づいていただろう。どうして陛下をひとりにしたんだ」

苛立ったリュウリの声に、医師たちがうなだれた。リュウリは彼らにかまわず早口で言う。

「エリー、俺を助けた時と同じようにポーションを作ってもらえるか。薬房に案内する」

「はいっ」

リュウリと共に駆け出そうとしたエリーを阻むように、宮廷薬師のハロルドが現れた。彼はじろっとエリーを見て眉を上げる。

「こんな小娘に陛下のお命が救えるとは思いません」

そんなことを言ってる場合じゃないのに……！　そう思っていたら、リュウリがすっと前に出た。

彼はハロルドの襟首を掴んで引き上げた。ハロルドがひっと声を引きつらせる。私もびくっと震えてリュウリを見上げた。リュウリは医師とハロルドを交互に見て、低い声で言った。

「いいか。おまえたちがヒドラのことを隠したせいで街の人々が倒れ、陛下のお命が危機にさらされているんだ。剣のサビになりたくなかったら邪魔をするな」

床に投げ出されたハロルドは、顔を引きつらせながら立ち上がり、その場から逃げ去っていった。リュウリは醒めた目でハロルドのうしろ姿を見送って、私に視線を向けた。思わずびくっと震えると、彼が少し表情を緩めた。

「俺は首を処分する。君はポーション作りに専念してくれ」

「は……はいっ」

騒ぎを聞きつけたらしい竜騎士たちがこちらに駆けてきた。

私は彼らに、マスクと手袋をつけること、作業が終わったら手をよく洗うことを話した。

私はルイに案内されて薬房に向かった。今回もリュウリを救った時と同じ方法を取ろうと考えたが、薬房にはテトロドトキシンがなかった。そうなると、残る手段はひとつしかない。

ヒドラの首――あそこからテトロドトキシンを抽出するしかない。私はルイに、ヒドラの一部を持ってきてくれないかと頼んだ。ルイは心配そうにこちらを見た。

「しかし、あれは毒なのでしょう」

「扱いを間違えなければ大丈夫です。マスクをして、ピンセットで採取してください。絶対に直接触らないように」

私も毒を吸い込まないようマスクを着用した。ルイが持ってきたヒドラの一部からテトロドトキシンを抽出し、ポーションを作る。手順はわかっているので冷静に作業を進めることができた。

完成したポーションをルイに託し、汚染されたものやマスクはアルコールランプで焼却した。手を洗ってギャラリーに向かうと、ヨークが廊下に佇んでいた。もう深夜なのに、父親のことが心配で眠れないのだろうか。しっかりしているように見えても、やはりまだ子供なのだ。私が近づいていくと、ヨークがお疲れ様、と言った。

「ヨーク様、お休みにならないのですか」

「眠れないんだ……なんでかな」

ヨークは窓の外に見える月を眺めながら、ぽつりとつぶやいた。

「お父様のことは好きじゃなかったんだ。今だって好きにはなれない。だって、全部お父様のせいじゃないか。ディアなんかを持ち上げて、パレードしたせいで街が大変なことになった」

彼は月明かりに照らされた自分の手をじっと見下ろす。その手はかすかに震えていた。

「お父様なんて、消えてしまえばいいって思ったこともある。なのになんでだろう……今、手の震えが止まらないんだ」

　私はヨークの手をそっと握りしめた。ヨークが肩を揺らしてこちらを見る。私は彼を安心させるべく笑いかけた。

「王子は贅沢です。だって私なんて、両親の顔を知らないんだもの」

「……自分の親がどんな顔をしてるか、見たいと思う？」

「いえ。でも、想像はします」

　ヨークはそうなんだ、と相づちを打って目を閉じた。私はヨークの背をそっとなでて、彼の隣に佇んでいた。


　翌朝、国王が目覚めたという知らせがあった。居室に向かうと、ベッドに腰掛けている国王の姿が見えた。そのそばにはヨークが座り込んでいる。国王は優しくヨークの頭をなでていたが、私を目にして手招いた。私は国王に近づいていって挨拶をする。

「お目覚めになられてよかったです、陛下」

　国王はヨークの頭をなでていた手を離し、こちらを見た。少し目が充血しているようだったが、顔色はいいようだ。親子だけあって、その眼差しはやはりヨークに似ていた。

「君が作ったポーションのおかげで回復したと聞いた。なにか望みはあるか。なんでもかなえよう」

「では……陛下、ギルド街に広まっている病は感染症ではなかったと公表してください」

私の言葉に、国王が眉を寄せた。

「それはどういう意味だ？」

もしや国王は、なにも知らされていないのだろうか。

薬師や医師によって情報が伏せられている可能性がある。私はすべてを説明した。

国王はじっと話を聞いていたが、ふっと口を開く。

「要するに、一連のことは私のせいということだな」

「陛下にとってはおつらいことだと思います。でも、一軒のパン屋が風評被害にさらされ苦しんでいます。どうか、お願いします」

私は深々と頭を下げた。国王はじっと私を見た後こう言った。

「わかった。事実を公表しよう」

国王は薬師長のハロルドと宮廷医師を部屋に呼んだ。国王はやって来たふたりに厳しい視線を向ける。

「君たちはヒドラの毒のことを知っていたそうだな」

「いえ……私どもはただ、陛下のことを思って動いていただけで」

「すべてを公表すると、この少女に約束した」

国王の言葉に、薬師たちが驚いた。

「陛下、そのようなことといけません」

「そうです。パレードのせいで病人が出たとわかれば、大変なことになってしまいます」

「だが、このまま放っておくことはできない。今すぐディアたちを呼び戻せ」

そういえば、ディアはどこに行っているのだろう。

聞けば、ユニコーンの乱獲の調査に行っているらしい。私はそれを聞いて眉を寄せた。ユニコーンを狩る人がいるなんて信じられない。

ギャラリーの様子を見にいくと、洗浄作業が終わっていた。私はリュウリに近寄っていって声をかける。

「街でも洗浄作業をする必要があります。病人が出ているということは、大気中に毒素が残ってるってことですから」

「では、午後から始めよう」

「大丈夫ですか？　少し休まれた方が……」

「回復ポーションを飲んだから心配ない」

私はその言葉に苦笑した。

回復ポーションは睡眠不足を補うものじゃないんだけどな……。

その後、感染症ではないということが公表され、すぐに街の封鎖が解かれた。患者の隔離もなくなり、お見舞いや入退院も自由になった。私はパン屋の店主さんと共に、入院中の奥さんに会いにいった。奥さんはだいぶ回復していて、顔色もよさそうだった。解毒もうまくいったので、数日で退院となった。

騎士たちは日々物資運搬と道路の洗浄を行い、私は入院している人々を救うため宮廷薬師たちと共にギルド街の病院に入った。私は解毒ポーションの作り方をみんなに教えて、日々患者を救うことに邁進した。

ただし薬師長のハロルドは、私が現場を仕切ることをおもしろく思っていないようだった。

病院の食堂で食事を取っていると、ハロルドが近寄ってきた。彼は私の隣に座って尋ねてくる。

「君、たしか薬屋をやっているんだったね」

「はい、ドラゴン薬局という店です」

「患者たちの容態も落ち着いてきた。そろそろその店に戻ってはどうかね」

たしかに、ペンのことも気になるし……宮廷薬師たちは優秀なので、もう私がいなくてもポーションを作れるだろう。

お言葉に甘えて、いったん店に帰ろうかな。

私は薬師長に後を任せて病院を出た。

ドラゴン薬局に戻ると、カウンターの上に寝そべっているペンの姿が見えた。私はペンに近づいていき、彼の顔を覗き込んだ。

「ただいま」

「おかえり。どうやったん？」

「うん、だいぶ落ち着いたよ。なんか異状なかった？」

「ないでー」

パン屋の方はどうなっただろう。感染症ではなかったことはあきらかだし、もう風評が解けたとは思うんだけど……。一服したら様子を見にいってみよう。

紅茶を飲んでいると、カランカランとドアベルが鳴った。店内に入ってきたのはリュウリだ。

「あ、リュウリさん」

「戻っていたのか、エリー」

リュウリの手には猫缶があった。どうやらペンに餌をやりにきてくれたらしい。私はリュウリにポーション入りの紅茶を差し出した。

「あの、パン屋さんの様子をご存じですか」

「ああ。事実があきらかになったおかげで嫌がらせはなくなったようだが、まだ営業できる状態ではないようだ。洗浄作業が一段落ついたら、修理を手伝おうと思っている」

「私も手伝います」

「君には店があるだろう？」

「どうせ、あんまり客も来ませんから」

そう言って肩をすくめると、リュウリがかぶりを振った。

「大丈夫、この件できっと名が売れる」

そうかなあ。でも、有名になれなくてもいいかも。だって大事な人たちを助けることができたんだから。


私はリュウリと共にパン屋へ向かった。人だかりができていたので、不安になってリュウリを見上げる。リュウリはうなずいて、私にここで待つよう言った。そして足早に彼らに近づいていき、声をかける。

「おい、なんの騒ぎだ」

「いやあ、めでたいことですよ」

そう言った男の顔は朗らかだった。店の中を覗いたリュウリが、ふっと微笑んだ。エリーはリュウリに手招きされて近づいていく。そっと店の中を覗くと、カウンターの向こうに奥さんの姿が見えた。その腕にはおくるみに包まれた赤ちゃんが収まっている。私は喜びでいっぱいになり、奥さんに近づいていった。おくるみの中では、赤ちゃんが眠っていた。まだ生まれたばかりだからだろう。目は開いていない。

「わあ……かわいい」

思わずつぶやいた私を見て、奥さんが表情を緩めた。

「あなたも生まれた時は、こんなふうだったんでしょうね」

「そうなのかな」

「ええ……抱っこしてみる？」

首をしっかり支えるよう言われて、両腕を差し出す。私の隣にいるリュウリも、赤ちゃんを見て微笑んでいる。こんなに小さいのに、赤ちゃんってすごいなあ。みんなを笑顔にするんだ。

私は赤ちゃんを抱っこしながら、奥さんに尋ねた。

「この子、名前はなんていうんですか？」

「マナっていうの。女の子なのよ」

「マナちゃん……よろしくね」

私はそう言って、マナの頬を突いた。ふとリュウリを見上げて尋ねる。

「リュウリさんも抱っこしますか？」

「いや、俺はいい」

彼はすばやくかぶりを振った。せっかくだから抱っこしてみればいいのに。もしかして落としそうで怖いのかな――そう思っていたら、奥さんが口を開いた。

「あなたのおかげでこの子は生まれてきたのよ、エリー」

「いいえ、お母さんのおかげですよ」

「いいえ。あなたがポーションを飲ませてくれなかったら、助からなかったかも」

奥さんが不調の時に、たまたまパン屋に来ていてよかった。ギルド街に住んでいたからこそ、奥さんやほかの患者を助けられたのだ。第三地区にいたままだったら、この出会いはなかったのだから。そう考えると、なんだか不思議な気がした。それはやっぱり、リュウリのおかげなのだと思う。リュウリがいたから、エリーはここにいるのだ。

「リュウリさん、やっぱり抱っこしてください」

リュウリは戸惑いながらも、赤ちゃんを受け取った。おっかなびっくり抱きかかえる様子が、なんだかおかしくなる。私を抱き上げる時は躊躇なんてしないのに。彼は赤ちゃんを見下ろして「小さいな」とつぶやいた。

「はい、小さくてかわいいです」

街の人々は順番にマナを抱いた。もうパン屋に敵意の目を向ける人はいなかった。街の人たちは店の修理を手伝うと言って、木材や大工道具を持ってきた。店を出たリュウリは、「俺が手伝うまでもないな」とつぶやいた。私は微笑んで、パン屋の看板を見上げた。たとえ壊れかけたとしても修復すればいいのだ。建物も、人の絆も。

第五章　生きる理由

感染症がデマだったと公表されてから一週間が経った。ヒドラの毒によって入院していた患者はすべて退院し、街にはいつも通りのにぎやかな空気が満ちていた。ドラゴン薬局にはちょくちょく客が来てくれるようになり、徐々に売り上げも安定してきた。

開店準備をしていると、ドアベルがカランカランと鳴った。顔を上げると、サイが入店してくるところだった。

「サイさん。いらっしゃいませ」

「紅茶くれる？　ポーションは緑でね～」

サイは手近な椅子を引き寄せて座った。たたっと寄ってきたペンを見て、サイは驚いている。

「うわ、おまえあのデブ猫？　めちゃくちゃ痩せてるじゃん」

「スリムでイケメンになったやろ」

「イケメンかは知らねーけど、変わったっすね」

私はそのやり取りを聞いて苦笑した。

ペンってば、知り合いが来るたびにああやって自慢するんだから。油断するとまた太っちゃうよ。

私が紅茶を準備する間に、サイはカウンターの上にのっている郵便物を眺めていた。私が紅茶を運んでいくと、サイはサンキュ、と笑って紅茶を手にした。彼は郵便物の中から新聞を手にして広げる。

「しっかし、なーんでハロルドの手柄になってるんすかね」

【宮廷薬師ハロルドの助力により、国王は救われ、街を汚染したヒドラの毒は完全に消え去った……】

新聞記事の一面にはそう書かれていた。サイはテーブルに肘をついて、不満げに私を見る。

「たぶん記者に金を払ってアゲ記事を書かせたんでしょうねえ。ポーションで国王や患者を救ったのはエリーちゃんだし、除染したのは俺ら竜騎士団なんすけど」

「いいじゃないですか。みんなが元気になったんなら、それで」

「エリーちゃんってほんと欲がないっすね」

サイはそう言って、エリーの頭をなでた。

「おにーさんがご褒美あげるっすよ。なんかないっすか、欲しい物」

「いえ、私は……」

ふと、例のワンピースを送ってくれた人のことを思い出す。私はワンピースが入っていた箱とリボンを持ってきて、サイに見せた。これはなんだとサイが尋ねる。

「名前とかはわからないんですけど、こないだ送られてきたんです。【あなたの幸福を祈っています】っていうカード付きで」

「へ～。金持ちの酔狂っすかねえ」

「こういうことをしそうな方に、心あたりはありませんか」

名前も顔もわからないけれど、この人のおかげで勇気づけられたのはたしかだ。会ってひと言お礼を言いたいのだ。サイはさすがにこれだけではわからないと言った。がっかりしているエリーに、サイが軽い口調で言う。

「一回服もらったくらいで、そんな恩に感じなくてもいいんじゃないっすかねー。金持ちの気まぐれかもしんないし」

たしかに、たまたまエリーのことが目についただけなのかもしれない。エリーよりも恵まれていない子などたくさんいる。気まぐれでもいいから、今度はそういう子たちを救ってあげてほしいな。休憩を終えたサイは、また来ると言って去っていった。


昼食を食べて休んでいると、リュウリがやって来た。手伝うことはないかと聞かれたので、雨漏りを直してほしいと頼む。私はリュウリと一緒に屋根に上がって板を打ちつけた。今朝サイも来たのだと言ったら、彼はそうか、と相づちを打った。

「サイもルイも、ここが気に入っているようだ」

「うれしいです」

照れて笑顔でごまかすと、リュウリが目もとを緩めた。

「またポーションの注文を頼めるか」

「はい、もちろんです」

「それと――陛下が君を表彰したいとおっしゃっている」

その言葉に驚いて、慌ててかぶりを振る。

「表彰なんて……私は当然のことをしただけなのに」

「そんなことはない。君がいなかったら陛下のお命は危なかった」

でも、私が表彰を受けたらハロルドが不満に思うのではないか。私はただの子供で、部外者なのだから。うつむいた私の頭に、リュウリがそっと手を置いた。

「第三地区に調査に行っていたディアが呼び戻された」

私はハッとしてリュウリを見た。ディアはヒドラの首を安易に持ち帰ったことを責められ、国王によって任を解かれた末に宮廷外へ放逐されたのだと、リュウリは教えてくれた。

思わぬ展開に、私は目を瞬いた。陛下、あれだけディアを買っていたのに……。

リュウリは私の心を読み取ったかのように言った。

「陛下は王子や我々の話をよくお聞きになるようになった。おそらく、ディアたちの本性に気づいたのだろう」

「そうですか」

「心配か？」

「いえ、彼はそんなことでめげるタイプでもないので……」

それにディアにはパーティーがあるのだ。エリーが心配する筋合いもない。しかし、なにか引っかかるものがあった。ディアがそんなに簡単に引き下がるだろうか。彼は恨みは忘れないタイプだ。国王に対しよからぬことを企んでいないとも限らない。表情を曇らせた私を見て、リュウリは怯えていると思ったようだった。

「表彰式当日は、俺が君を守る。ハロルドには口出しさせない」

「リュウリさんはヨーク王子の護衛なのに、私なんかについてもらうのは申し訳ないです」

リュウリはかぶりを振って、これは王子の望みでもあると言った。表彰式は私に花をもたせたいらしい。

「もう君を邪魔する者はいないんだ、エリー」

「少し……考えさせてください」

私は帰っていくリュウリを見送って、店に入った。ペンがにゃーと鳴いてこちらに近寄ってくる。私はペンの頭をなでて、厨房に入った。ポーションを作りながら、ぼんやりと考える。

表彰されるためにやったことじゃない。私はパン屋の夫妻を助けたかっただけなのだ。それに、私が注目を浴びるとよくないことが起きるかもしれない。ただの子供が国王から評価されるなんて分不相応だ。

私の代わりに、リュウリが表彰されればいいのにと思った。国王はもうディアに関心がないみたいだし、リュウリがヒドラを倒したのだとみんなが知ればいい。そうだ。今から宮廷に行って、そう進言しよう。

椅子から立ち上がると、ちょうど郵便配達人がやって来た。配達人が持ってきた箱を見て、私はハッとした。

「あ……」

白い箱に、青いリボンがかけられている。もしかして、こないだの？

私はカウンターに箱を持っていき、はやる気持ちを抑えて青いリボンをほどく。箱を開けると、中からドレスが出てきた。ドレスには青いカードが添えられていて、こう書かれていた。

【あなたの幸せを祈っています――】

やっぱり、あの時と同じ人だ！　私は箱を抱えたまま店から飛び出した。自転車に乗って去る郵便配達人を追いかける。

「あのっ、ちょっと待って！」

必死に追いかけていき、リヤカーに手をかける。郵便配達人は、驚いた表情で自転車を止めた。

「なんだいお嬢ちゃん、どうした」

「この箱の送り主は誰なのかわかりませんか⁉」

私が箱を差し出すと、配達人が首をひねった。

「さあ……集積所の荷札には匿名だって書いてあったよ」

「そ、そうですか」

ガッカリしている私を置いて、配達人は自転車で去っていった。私は箱を抱えてとぼとぼと店に戻る。カウンターに座ってうなだれていると、ペンがカウンターに飛び乗って箱の中を覗き込んだ。ペンはヒゲを動かし、感心した顔をしている。

「えらい高そーなドレスやん。誰か知らへんけど、大盤振る舞いやね」

「うん……こないだも、この青いリボンの箱が届いたの。いったいどこの誰なのかな」

「そんなん誰でもええやん。これ着て宮廷行くんやろ」

ペンはそう言って箱を足で突く。私は箱から取り出したドレスを眺めていた。そうだ。宮廷に行ったらこれを贈ってくれた人に会えるかもしれない。青いリボンの君……。きっと美しい人に違いない。うっとりしている私を、ペンは怪訝な目で見ていた。

表彰式当日、私はドレスに着替えてリュウリの迎えを待っていた。箱の中にはドレスのほかに、パールのネックレスと靴が入れられていた。現れたリュウリは、私を見て目を細める。

「その気になってくれてよかった」

「はい、会いたい人がいて」

「会いたい人？」

私は着ているドレスを見下ろして頬を染めた。ペンが口をはさむ。

「なんちゅーか、足長おじさん気取りのアホやね」

「アホなんて言わないでよっ」

「なんだかよくわからないが、行こうか」

リュウリはそう言って私に手を差し出してきた。私は照れながら、リュウリの手を取った。

私はリュウリの操る竜に乗って宮廷へ向かう。上空からは、大勢の賓客が門をくぐって中に入っていくのが見えた。こんなにたくさんの人が参列するは思わなかったので、なんだか緊張してきた。リュウリは竜を下降させ、門の前で降ろした。

私が硬い表情をしているのに気づいたのか、リュウリがぽんと肩を叩いてきた。「大丈夫だ」とささやかれると少し気分が落ち着いた。


リュウリは私を会場のソファに座らせて、少し待つように言った。喉が渇いたので、従者が運んできたジュースをぐびぐび飲んだ。わあ、このジュースすごくおいしい。

ドレスをくれた人がどこかにいるのではないかと思って視線を動かしていたら、ルイとサイがやって来るのが見えた。サイは私を見て相好を崩す。

「うわ〜。めっちゃかわいいっすね、エリーちゃん」

「どうしたのですか、そのドレスは」

ルイは驚いた表情でこちらを見ている。サイは私の発言を先回りして言う。

「もしかして例の人っすか」

「はい、また送られてきたんです」

照れ笑いする私に対し、サイはよかったっすねーと朗らかな声を出す。一方、ルイはなにかを考え込んでいた。

どうしたんだろう、ルイさん。

ふと、視線を感じて振り向くと金髪の女性のうしろ姿が見えた。私はその人を見てハッとした。あの人、青いリボンをつけてる――。彼女に駆け寄ろうとしたら、リュウリが戻ってきた。

「エリー、表彰式について説明がある。こちらに来てくれ」

「あ、でも……」

もう一度振り返ったら、先ほどの女性はいなかった。あの人、どこに行ったんだろう。視線をさまよわせていたら、リュウリが手を差し出してきた。私はリュウリの手を取って歩きだす。

表彰者である私は、式の開始まで控え室で待つことになった。式が終わったらまっ先にあの女性を捜そう。そんなことを考えていたら、リュウリが口を開いた。

「時間になったら従者が呼びにくる。そしたら、俺と一緒に会場に向かうことになる」

「あ、はい」

リュウリに式の流れを説明してもらっていたら、なんだかトイレに行きたくなってしまった……さっきジュースを飲みすぎたせいだろうか。もぞもぞしている私を見て、どうかしたかとリュウリが尋ねてくる。

「あの、トイレに行こうかと」

リュウリがついてこようとしたので、慌ててかぶりを振る。

トイレに行った帰り、階段を上ってきたハロルドとかち合った。ぺこりと頭を下げたら、ハロルドが鼻を鳴らす。

「いい気なものだな。宮廷薬師でもないただの小娘が、のこのこ表彰式にやって来るとは」

「すみません……」

身をすくませたら、ハロルドが吐き捨てるように言った。

「謝るなら辞退したらどうかね。私ならそうするが」

「でも、今帰ったらリュウリさんに迷惑がかかりますから」

「ふん……あの男も、おまえをうまく利用したものだな」

「どういう意味ですか？」

「あの男は魔剣士を追い出して、自分の地位を取り戻したんだ」

リュウリさんはそんな人じゃない。

キッと私はハロルドを睨みつけた。ハロルドは目を細め、私の腕を掴んだ。

「さあ、笑いものになりたくなければ帰るんだ」

「放してください！」

逃れようともがいていたら、いきなりガッという鈍い音が響いてハロルドの体が崩れ落ちた。

バランスを失った私は尻もちをついた。目を瞬いて、倒れたハロルドを見下ろす。視線を上げると、男性がこちらを見下ろしていた。この人って……たしか第三地区の領主、エバンスだ。

彼は身をかがめて、私に手を差し出した。

「大丈夫かね、エリー」

「は、はい……」

私はエバンスの手に掴まって身を起こした。エバンスはハロルドを見下ろして眉をひそめる。

「君のような少女を脅すとは野蛮な男だ。どういう人物なのかね？」

「宮廷薬師のハロルド様です」

「こんな男が宮廷薬師とは……」

私の言葉に、エバンスはあきれた顔でかぶりを振った。

「君の栄光を妬む者は多いようだね。部屋まで送っていこうか」

「ありがとうございます」

エバンスは床に倒れたハロルドを放置し、私を伴って控え室に向かった。

控え室にたどり着くと、リュウリはエバンスを見て一瞬いぶかしむような顔をした。エバンスは私がハロルドに襲われかけたという話をする。それを聞いたリュウリは、あらわにしていた不信感を消して礼を言った。私はエバンスにぺこっと頭を下げる。

「ありがとうございました」

「いいや。ではまた表彰式で」

去っていったエバンスを見送って、リュウリはつぶやく。

「エバンス卿も招待されていたんだな」

「ええ。とってもいい方ですよね」

リュウリはそうだな、とつぶやいた。

――リュウリさん、エバンスさんになにか思うところがあるんだろうか。

私が首をかしげていたら、リュウリがふっと笑った。

「いや……彼は何度か冒険者にヒドラ退治を依頼していた。当然、何人もの冒険者が命を落としている」

「でも、冒険者ってそういうものですから」

「――そうだな。君の言う通りだ」

結局、竜騎士であるリュウリがヒドラを退治したのだから、エバンスは無駄に大金を失ったことになる。それでもなにも気にしていないようだし、器が大きいと言えるのではないだろうか。

従者が呼びにきたので、私はリュウリと共に会場に向かった。

従者が会場の扉を押し開けると、パチパチと拍手が鳴り響いていた。私はリュウリの手を取って、緋毛氈が敷かれた階段を上っていく。階段の上には壇が設置されていて、国王と王子が座っていた。緊張しながら歩いていき、玉座にいる国王から表彰状を受け取った。

「エリー殿、貴殿をギルド街を救った当人として表彰する」

「ありがとうございます、陛下」

ヨークは朗らかな表情で拍手していた。リュウリも微笑んで手を叩いている。

――リュウリさん、喜んでくれている。

私も素直に受け入れよう。会場に向かって頭を下げると、いっそう拍手が沸き起こった。私は表彰状をぎゅっと抱きしめた。こんなに誰かにたたえられたのは、生まれて初めてかもしれない……。

表彰式を終えた私は、控え室で休んでいた。リュウリにぺこっと頭を下げる。

「今日はありがとうございました」

「いや、無事に終わってよかった」

リュウリはそう言って微笑んだ。

「国王がお話ししたいことがあるそうだ。休憩したら一緒に謁見室に行こう」

「はい」

ふと、表彰式の前に見た女性のことを思い出した。捜しにいきたい気持ちがあったが、リュウリに心配をかけるだろうと思って黙っておいた。

少し休んだ後、私はリュウリと一緒に王の間に向かった。

王の間にいた国王が、私を見て微笑みかけてきた。彼はリュウリに下がるように言って、私に手招きをした。私は彼に近づいていき、頭を下げる。国王は楽にするように言って、「その後、どうかね」と尋ねた。

「はい、街も以前と同じく平穏を取り戻しています」

「そうか……時に、君は薬局を経営しているそうだね」

「はい。ドラゴン薬局といいます」

国王はそうかと相づちを打って、真剣な目でこちらを見た。

「エリー、宮廷薬師になる気はないか」

「え……」

「聞けば、薬局はあまり繁盛しているとは言えないようだな」

「そ、それは……はい、たしかに」

以前よりも客は増えたけれど、大繁盛というわけではない。今のところは竜騎士団のポーションを作ることで、かろうじて黒字になっているという感じだ。だからといって宮廷薬師になれだなんて。戸惑っていると、国王はふっと表情を緩めた。彼は私の肩にそっと手を置く。

「今すぐに答えを出せとは言わない。ぜひ考えてみてくれ」

今日は泊まっていけと言われて、私は王の間を出た。まだ混乱していたが、ドアの前で待っていたリュウリの顔を見たら少し心が落ち着いた。なんの話だったのかと聞かれて、宮廷薬師になるよう言われたことを話す。リュウリは予想していたようで、そうかと相づちを打った。

「リュウリさん、私はどうしたら……」

私は困惑顔でリュウリを見る。

「他人のことは気にするな。君は君のしたいようにしろ」

リュウリはそう言って、私を宿泊用の部屋に案内してくれた。また朝になったら迎えにくると言われて、私は部屋にひとりになった。

あまり眠る気になれなかった私は、その場でうろうろと歩き回った。ふと、カタンという物音に足を止める。ふわりと吹き込んできた風が、私の前髪を揺らした。明かり取りの大きな窓が開いていて、カーテンを揺らしている。

窓、開いていたっけ？

私は窓を閉めるために、そちらへ近寄っていった。どうやら、窓の向こうはバルコニーになっているようだ。窓枠に手をかけたら、いきなりその手を掴まれた。悲鳴をあげようとしたら、頭を強打されてその場に膝をついた。

なに……？

私はぼんやりと顔を上げて、こちらを見下ろす男を見た。

この人は……。

だんだんと意識を失っていき、その場に倒れた。誰かに抱き上げられて、ふわりと甘い匂いが漂う。これは……百合の匂い？　私はくらくらと頭を揺らしながら、目を閉じた。


寒い。

私はぶるっと体を震わせて、ぼんやり目を開いた。徐々にはっきりしてきた視界に、金髪と緋色の瞳の男が映った。そこにいたのがよく見知った人物だったので、ハッとして身を起こす。

彼は私を見下ろして唇を緩めた。

「よお、エリー。えらくめかし込んでるじゃねえか」

「ディア……」

私は呆然とディアを見上げた。どうしてディアがこんなところにいるのだろう。まさか、ディアが私をさらったのか。追放になったのに、どうやって宮廷に忍び込んだのだろう。様々な疑問が頭の中をよぎる。落ち着いて……とりあえず、今の状況を確認しないと。私はキョロキョロと辺りを見回した。丸太で作られた簡素な部屋……。ストーブとベッド以外はなにもない。どうやらここは山小屋のようだ。

部屋の中を確認した私は、窓の外に見える景色に視線を向けた。蜘蛛の巣が張った窓の向こうには、暗い森が広がっている。私はベッドに寝かされていて、起き上がると頭にずきっと痛みが走った。痛む部分に触れてみると、たんこぶができている。靴が片方見あたらないが、どこかで落としてきたのだろうか。私はベッド上からディアを睨む。

「今さらなんの用なの」

「睡眠薬ポーションを作れ。即効性で強力なやつな」

「どうして」

ディアが剣を突きつけてきたので、私は息をのんだ。ディアは嗜虐《しぎゃく》的な表情で言った。

「質問する間に、耳や鼻がなくなるかもな」

私は冷や汗をかきながら尋ねる。

「パーティーのみんなは？」

「俺にはついていきたくないとさ」

宮廷から追放され、パーティーはバラバラになった。聖女のリリアや薬師のユラもディアのもとを離れたそうだ。ちなみに、魔道士のユウリは気づいたらいなかったらしい。ディアはゆがんだ表情でこちらを見下ろした。

「どいつもこいつもクソだわ。俺はやっぱりギルドの依頼主につくことにしたよ。国王なんてあてにならないからな」

なんて恩知らずなんだ。あんなに取り立ててもらっただけ、ありがたいと思うべきではないのか。

ディアはさっさと睡眠薬を作れと急かす。私は用意されている鍋を見て、材料はあるのかと尋ねた。ディアは足もとに置かれていたかごを持ち上げて私に突きつける。中には薬草がたくさん入っていた。

「この中にあるもんで作れるだろ」

こんなものを用意していたということは、突発的な犯行ではないのだ。なるべくゆっくり作業をしながら、ディアの目的を探った。どうして私をさらったのだろう。ただ睡眠薬が必要だというなら、新しい薬師を探せばいいだけだ。おそらく、私でなければいけない理由があったのだ。考えていると、ディアがイライラとした口調で話しかけてきた。

「おい、さっさとしろ」

「殴られたせいで、頭がくらくらするの」

「ちっ、あのおっさん……」

私はディアのつぶやきにぴくっと肩を揺らした。

おっさん？　私をさらったのはディアじゃないってこと？　やっぱり薬師長のハロルドが関わっているのだろうか。

ポーションを作り終えた私は、ディアに剣を突きつけられたまま山小屋を出た。どこに行くのかと尋ねても返事はない。彼に先導され、たどり着いたのは美しい湖だった。ここって……ユニコーンがいる湖だ。

どうしてこんなところに来たのだろう？

ディアは私の背を押し、行けとばかりに顎をしゃくった。

「あいつらに睡眠薬を盛れ」

視線の先には、ユニコーンの親子が見えている。乳白色の体に、輝く虹色の角。美しい生き物は、私を見て甘い声で鳴いた。私はさっと青くなる。

まさか、ディアはユニコーンを狩る気なの……？

ユニコーンは少女が好きだ。私が与えるものなら躊躇なく口にすると思ったのだろう。

なんて卑劣なんだろう。

私はディアを気にしつつ、ユニコーンのそばにしゃがみ込んだ。顔をなでると、うれしそうに目を細める。睡眠薬を盛るふりをして、中身を地面に捨てた。私はじっとユニコーンを見つめる。ディアに聞こえないように、小声でささやきかけた。

――私を乗せて、お願い。

ユニコーンがうなずいた気がした。私はユニコーンにまたがり、「行って！」と叫んだ。ユニコーンが勇ましく鳴いて、ディアに突進していく。ディアは舌打ちして、剣を引き抜いた。体を切り裂かれたユニコーンが、悲鳴をあげて暴れる。私は怒りで目の前が真っ白になるのを感じた。

なんてことをするのだ。

痛みに苦しむユニコーンが暴れたはずみで、私は地面に投げ出された。

「ったく、手間をかけさせるんじゃねえよ」

ディアは懐から出した麻酔剤をユニコーンに打ち込んだ。あんなものを持っていたなら、どうして私に睡眠薬を作らせたのだ。ディアは痙攣しているユニコーンを尻目に、私を担ぎ上げてくる。私はディアの手から逃れようとした。

「放して！」

「この麻酔剤、効きが悪いんだよな――ったく、おまえのせいで傷ものになっただろ？」

斬りつけられた上に麻酔剤を打たれたユニコーンはぐったりしている。子供のユニコーンは、倒れた母親の周りをうろついて悲しげに鳴いていた。

おそらくディアの狙いはユニコーンの角だ。ユニコーンは角を狩られると死んでしまう。眠らせたのは、生きているうちに折らないと色が濁って価値が下がるからだろう。どうすればいいのだろう。

私は震える声でディアに尋ねた。

「どうしてこんなことするの」

「どうして？　俺は魔剣士だからな。ユニコーンだってモンスターみたいなもんだろ」

ディアはせせら笑うように言って、ユニコーンの角に剣を向けた。青白く発光した剣が、ユニコーンの角に反射してキラキラ光った。ディアはその輝きを見ても罪悪感など覚えないようだった。

「依頼主に言われたら、なんだって狩るんだよ」

「やめて……っ」

その制止も虚しく、ざくりという音が響いた。

◇　◇　◇

俺はエリーの部屋に向かっていた。着替えを持っていった侍女が、彼女の姿が部屋にないことに気づいたのだ。

部屋に入った俺はぐるりを見回して、開いている窓に視線を向けた。おそらくエリーをさらった者はあそこから侵入したのだろう。バルコニーには彼女の靴が片方だけ落ちていた。俺はそれを拾い上げて歯噛みした。靴を握った手にぎゅっと力を込める。俺がついていながら、こんなことになるとは。いったい誰がエリーをさらったのだ。やはり一番疑わしいのはハロルドだ。

「エリーが消えた。今すぐ捜してくれ。それからハロルドの様子も見てきてくれ」

俺の命令を実行した部下はすぐに戻ってきた。ハロルドは部屋でぐっすり寝ていたらしく、叩き起こされて憤慨したとのことだった。たしかにエリーに嫌みを言ったのは認めたが、誘拐に関してはなにも知らないようだと。だとすると、いったい誰がエリーをさらったのだ。

考え込む俺に、ルイがこう言った。

「そういえば、エリーさんは見知らぬ人に服を贈られたと言っていましたね。その人物が怪しいのでは？」

「えー、でもエリーちゃんめっちゃ喜んでたっすよ。悪い人なんすか？」

「匿名で身寄りのない少女に近づく時点で怪しいと思うが」

俺が沈黙していたその時、竜騎士団員のひとりが足早に部屋へ入ってきた。

「団長、不審な女を発見しました。名前を聞いても答えないとか」

彼は外套のフードをかぶった女を連れていた。フードが取り払われ、女の顔があらわになる。

俺は目を見開いてその人物を見つめる。白く美しい顔。まばゆい金髪を彩る青いリボン。まとっているドレスも青だ。その人物には見覚えがあった。

「あ、この子ヒドラ討伐隊パーティーのメンバーにいたっすよね⁉」

サイは目ざとく女を指差した。女は硬い表情を浮かべ、頭を垂れる。

「……聖女のリリアです」

「なぜ君がここに。追放されたはずだろう」

「エリーの様子が気になって」

俺の問いに、リリアはそう答えた。いったいどういうことなのだ？　それほどまでにエリーを気にしているのなら、なぜ彼女をパーティーから追い出したのだ。そう問いただすと、リリアは必死にかぶりを振った。

「エリーを追い出したのはディアです」

「だが、反対することくらいできたはずだ。君はエリーを放置して、ディアについていっただろう」

「私にはなんの力もないのです。エリーはあのパーティーにいない方がいいと思って……彼女と暮らす準備ができたら、後から迎えにいくつもりでした」

「そんなことは言い訳にしかならないと思うが?」

ひやりとした俺の言葉に、リリアは目を伏せた。サイが口をはさむ。

「そもそもなんでそこまでエリーちゃんに肩入れするんすか? たしかにかわいいけど、それだけで……」

「エリーは、私の娘なんです」

リリアの言葉に、一同がぎょっとした。彼女は若々しく、とても九歳の娘がいるようには見えなかったからだ。

リリアは身分の合わない相手と恋に落ちて、十六歳の時にエリーを産んだそうだ。しかし親に反対されて、子供を取り上げられてしまった。エリーは養護施設に引き取られ、その後ディアと共に旅をし始めた。リリアは家出をしてエリーを捜し続け、一年前にやっと見つけたそうだ。

「でも、名乗ることはできませんでした。そばにいて彼女を見守ることしか……」

「服を送ってたのもあんたっすか」

サイの言葉に、リリアは頭を振った。

「え？　いえ、私には自由になるお金がないので……パーティーが獲得した賞金も、ほとんどディアが独り占めしていました。これも古着で買ったものですし」

リリアは困惑顔で青いドレスを見下ろした。エリーに対して思うところはあれ、リリアもハロルド同様彼女をさらった犯人ではないということだ。手がかりが消えて、状況が振り出しに戻ってしまった。俺は歯噛みして、リリアの頼りない肩を掴んだ。

「エリーを見守っていたなら、彼女の行き先に心あたりがあるはずだろう」

リリアは困惑した表情を浮かべている。エリーを見捨てたことを後悔しているというのなら、せめて娘を救う手がかりをくれ……そう思っていたら、ルイが小声でささやいてきた。

「団長、こんなものが茂みに落ちていました」

彼が差し出してきたのはシルクのハンカチだった。金の縁取りがされていて、百合の紋章が描かれている。リリアはそれを見てあっと声をあげる。

「このハンカチ、見たことがあります。百合の紋章も……」

「誰のものだ」

そのハンカチの持ち主が、エリーを連れ去った可能性が高い。リリアはまっすぐな眼差しでこちらを見た。改めて見ると、たしかに彼女はエリーによく似ていた。リリアは形のいい唇を開いて言った。

「エバンス卿です」

◇◇◇

ぽろぽろと頬を伝う涙が膝に落ちた。あんなに綺麗な生き物を殺してしまった。私がふがいないばかりに……。ディアは涙を流す私を面倒そうな顔で見た。

「いつもめそめそ泣いてんじゃねーよ、うっとうしい」

ユニコーンの角を奪ったディアは、私を連れてデルタ第三地区へと進んでいた。数ヶ月前も、彼と共にこうしてここにやって来た。あの時と違うのは、ディアが敵だってことだ。いや、ディアが味方だったことなど一度もないのかもしれない。

彼が大事にしているのは、自分だけなのだから。それでも以前はディアに必要とされたかった。頼れるのは彼だけだったから。今ではその時の自分が信じられない。どうして私は、こんな人についていったのだろう。

第三地区の門を抜けて彼が向かったのは、エバンス卿の屋敷だった。百合の紋章が掲げられた門をくぐって進み、扉の前で馬から下りる。

「おい、下りろ」

ディアに声をかけられても、私は動かなかった。

ディアは舌打ちし、無気力な私を馬から引きずり下ろした。彼は扉の前に立って呼び鈴を押した。靴音が近づいてきて、ガチャリとドアが開く。

顔を出したエバンスを見て、心臓が嫌な音を立てた。

この人のせいでユニコーンが死んだのだ。いい人だと思っていたのに……。

また滲みそうになった涙を必死にこらえた。彼はちらっと私を見てつぶやく。

「ずいぶん時間がかかったな」

「ああ、こいつがポーションを作るのに手間取ってな」

ディアが袋を差し出すと、エバンスが喜色をあらわにした。この人も、少しの罪悪感も持っていないのだ。私は胸の奥がささくれ立つのを感じた。

彼らは私を連れて部屋の奥に向かった。狩った鹿の頭が飾られた趣味の悪い食堂……。ここで食事をした時に不審に思うべきだったのだ。

エバンスはテーブルの上の燭台に火を灯して、黙り込んでいる私を眺めた。

「君のような少女がヒドラの毒を消し、竜騎士や街を助け、国王を救ったとは驚きだ。いったい何者なのかね？」

「私は、ただの子供です……」

私は力なく答えた。この男は私をどうするつもりなのだろう。普通に考えたら始末するのだろうけれど。しかし、エバンスはとんでもないことを言いだした。

「数年前に妻が出ていって、私には子供がいない。うちの養子にならないか？」

そんなこと、絶対嫌に決まっている。こんな卑怯《ひきょう》な手を使ってユニコーンを狩るような人の家に来るなんて。私は膝の上でぐっと拳を握りしめた。

「どうしてあなたはユニコーンを狩るんですか」

「高く売れるからに決まっているだろう？　ゆくゆくはユニコーンを養殖する農場をつくろうと思っているんだ。もし私が死ねば、この屋敷も農場もすべて君のものだよ。悪くない話だろう」

なんてことを考えているんだ。ユニコーンは神聖な生き物だ。人間が好きにしていいものではない。

「ユニコーンは家畜ではないんですよ」

「生き物はみんな家畜だよ。人間ですら誰かに飼われて生きているんだ。あの気の毒な竜騎士のようにね」

「リュウリさんを侮辱しないでください」

私が声を尖《とが》らせると、エバンスが目を細めた。

「いくらかばっても、彼は君を助けには来ない。彼にとって君は、しょせん〝ただの子供〟だからね」

助けられようなんて考えてない。ただ、この男の悪事をリュウリに伝えなければいけないと思った。誘いを断れば、私は殺されるだろう。どうにかして逃げなければ。私は背後に立つディアを意識していた。エバンスが荒ごとに慣れているとは思えない。ディアをなんとかすれば、この場を乗りきることができるかもしれない。

「わかりました。あなたと養子縁組をします。ただし、ディアは計画からはずしてください」

私の言葉に、ディアがぎょっとした。

「おい、なに言ってんだエリー」

「そうだな……おまえにはもう用はない。行け、ディア」

エバンスの言葉に、ディアが顔を引きつらせた。

「おいてめえ。俺がいなくて、誰にユニコーンを狩らせるつもりだ？」

エバンスが指を鳴らすと、扉が勢いよく開いて数人の男が入ってきた。思った通り、このふたりは仲間なんかじゃない。ただ利害の一致でつながっているだけだ。ディアは舌打ちをし、私を抱き上げて肩に担いだ。私は悲鳴をあげてもがいた。ディアは剣を振って男たちを蹴散らしながら外に出る。エバンスが追いかけろと叫んだ。ディアは私を馬に乗せて逃げようとする。私はディアの腕から逃れようと必死にもがき続ける。

「放して！」

「暴れるんじゃねえよ！」

その時、ふっと影が落ちてきた。私とディアはハッとして顔を上げる。上空からなにかが勢いよく降ってきて、私たちの目前に降り立った。翼をはばたかせて舞い降りてきたのは竜だった。竜に騎乗していた人が、ひらりと地面に着地する。青白い月明かりに照らされたのは、漆黒の髪と鋭い瞳。怒りに燃えるその人の姿を見て、なぜか泣きそうになった。

「リュウリ、さん……」

彼は腰から引き抜いた剣をディアに突きつけた。

「エリーを放せ」

ディアの舌打ちが耳もとに響いた。彼は私を馬から引きずり下ろし、刃を首に突きつけてすごむ。

「一歩でも近づいたらこいつを殺すぞ」

リュウリの顔が怒りから悲痛なものに変わった。剣の柄を握る彼の手に力がこもる。

「……君は、なぜエリーを拾った。彼女を気の毒に思ったからではないのか」

「気まぐれだよ。結構いい拾い物だったけど、もう用済みだ」

「ならこちらに渡せ。彼女には帰るべき場所がある」

帰るべき場所。王都に、ドラゴン薬局に、リュウリさんのところに帰りたい。

ディアはちらっと私を見て目を細めた。それからリュウリに視線を戻した。

「おまえが剣を捨てたら返してやるよ」

駄目だと私は思った。ディアの性格からして、リュウリに恥をかかされたことを忘れていないはず。無防備になったリュウリにかならず襲いかかるだろう。リュウリは必死にかぶりを振る私に微笑みかけてきた。大丈夫だと言わんばかりの笑顔。リュウリが剣を置いた瞬間、ディアが私の体を突き飛ばした。ディアは剣を振ってリュウリに襲いかかる。リュウリはよけるそぶりもなく、その場に立っている。まさか、まともに食らう気なのか。私は思わず悲鳴をあげた。

「リュウリさんっ！」

次の瞬間、ディアの剣がリュウリの目前で弾かれた。その拍子に、青白い刀身にひびが入る。ディアは後ずさって、呆然と自分の剣を見ている。リュウリの周りには、シールドのようなものが出ていた。

「な、なんだ、これ……」

ディアは剣を振って必死にシールドを壊そうとしたが、弾かれるばかりでびくともしない。やがて、剣に大きな亀裂が生じた。ディアの剣がガキンと音を立てて破壊され、折れたものがバラバラと地面に落下した。ディアは呆然と折れた剣を見た後、悲鳴をあげて踵を返す。リュウリはすっと身をかがめて剣を拾い上げ、ディアの襟首を掴んで引き寄せた。首もとに剣を突きつけられ、ディアがひっと息をのむ。震えているディアの耳もとに、リュウリは氷のような声でささやく。

「この場で死ぬか、王都に帰って処刑されるか、どっちがいい？」

「お、俺はガキをさらっただけだろ。処刑なんてされるわけが」

「本当にそれだけかどうか、エリーに聞けばわかる」

リュウリの視線を受けて、私は必死に言い募った。

「ディアはエバンス卿と一緒にユニコーンを狩っていました！　卿はまだ中にいます」

「てめえエリー、余計なこと言うな！」

ディアは叫んだが、リュウリに睨まれて黙り込んだ。

リュウリがさっと手を上げたその時、竜に乗った騎士たちがいっせいに降り立った。彼らは剣を引き抜いて屋敷に入っていく。屋敷の中から、剣を打ち鳴らす音と悲鳴が聞こえてきた。

竜騎士に追い立てられ、逃げてきた男のひとりが私に襲いかかる。

「きゃあっ……！」

脇から伸びてきた竜騎士の腕が、身をすくませた私を引き寄せた。竜騎士は男の腹に拳を打ち込んで倒す。見上げると、よく知った青年の横顔が見えた。彼はこちらを見てにっこり笑った。

「ちーっす、エリーちゃん。白馬の王子様が来たっすよ」

「適当な発言は慎みなさい。我々は竜騎士団です」

その声に振り向くと、エバンスを捕縛したルイが立っていた。エバンスはキッとこちらを睨みつけ、苦々しい声で吐き捨てた。

「なぜ竜騎士団がこんな子供を守るんだ」

サイが目を細めて私の頭をなでた。

「そりゃあかわいいからっすよ。かわいいは正義だし。ねえ、副団長」

「一緒にしてほしくないですね。全員が君のように単純ではありません」

「じゃあなんすかー」

サイが膨れていると、リュウリがこちらにやって来た。彼はディアを捕縛していた。

「エリーはこの国にとって必要な存在だからだ」

リュウリさん……。私は胸がじんと熱くなるのを感じてうつむいた。ディアはじろっと私の方を見て、皮肉っぽく吐き捨てた。

「よかったなあ、新しい飼い主ができたみたいでよ」

「私はもう誰にも飼われないわ」

まっすぐな視線を向けると、ディアが舌打ちした。彼は騎士たちに連れられて去っていった。

きっともう会うこともないんだろうな。私は飛び去る竜を見送りながらそう思った。

リュウリは私を竜に乗せて、マビノギ病院へ連れていった。彼はふわっと竜を着地させ、病院の前に私を降ろして頭を垂れる。

「君がさらわれたことに気づけず、すまなかった」

「そんな……頭を上げてください」

私は慌ててリュウリの頭を上げさせようとしたが、届かなくて胸にすがりつく形になった。あなたが助けにきてくれただけで、胸がいっぱいになりました。ぎゅっと袖を掴むと、リュウリが表情を緩めた。

「怖かったか？」

「はい……」

リュウリはなだめるようにぽんぽんと私の背中を叩いた。彼は膝をついて、私に靴を履かせてくれた。よかった、靴が見つかって。これは青いリボンの君がくれた大事なものだから。

ユニコーンの死体がそのままになっていることを話したら、明日湖に連れていくと言ってくれた。

今晩は病院に泊まるように言って、リュウリは竜に乗った。宮廷に戻って、国王に報告をする必要があるそうだ。

「リュウリさん」

声をかけると、リュウリが振り向いた。私はありがとうございました、と言って頭を下げた。

リュウリは微笑んで、竜の手綱を引いて上空へとはばたかせた。頭上では、満天の星空が輝いていた。

リュウリと別れた私は病院へ入った。マギは突然現れた私に驚いていたが、再会を喜んでくれた。病院で一夜を過ごした翌朝、私は迎えにきたリュウリと共に湖に向かった。リュウリが掘った穴に、布に包んだユニコーンの死体を運んでいく。リュウリがいるからなのか、ユニコーンの子供たちは木の陰に隠れて出てこなかった。埋葬を終えた私はお墓に花を添えて、手を合わせた。リュウリも指を組み合わせ、無言で祈っている。

私はユニコーンの子供たちに近寄っていって、そっと抱きしめた。

「守れなくて、ごめんね」

子供たちは私に頬を擦り寄せて、愛らしい声で鳴いた。ユニコーンに別れを告げ、リュウリが操る竜に乗って上空へと飛び立つ。眼下には森が広がっている。

この森のすべてを人間のものにした時、ユニコーンたちはどこへ行くのだろう……。

竜は翼をはためかせ、王都へ向かった。

王都に戻った私は、国王に拝謁した。国王はいたましそうな顔でこちらを見る。

「エリー、このたびは災難だったな」

私はかぶりを振った。国王は私をねぎらった後尋ねてきた。

「こんな時になんだが、宮廷薬師になるという話は考えてくれたか」

「私は、ドラゴン薬局を繁盛させるのが目的ですから」

私はそう言って笑みを浮かべた。ここは私がいるべき場所ではないのだ。私がいるべきなのは、あのギルド街の小さな薬局なのだから。


国王はじっと私を見た後、そうかと相づちを打った。

「残念だな」

「仕方ないよ。エリーは損な方を取る子なんだ」

そう言ったのはヨークだ。視線が合うと、彼はにこりと笑った。そういえば、聞きたいことがあったんだった。

「あの、ひとつ気になっていることがあるのですが……」

「ああ、なんでも聞いてくれ」

「どうして私の居場所がわかったのでしょうか」

その問いに答える者はいなかった。国王はリュウリに視線を向けたが、彼は黙ってかぶりを振った。ヨークが手を打ち合わせ、「ああ、そうだ。珍しいお茶が手に入ったんだよ」と言う。ヨークは私に近寄ってきて手を取る。私はヨークに引っ張られるようにして王の間を後にした。

扉を開けて部屋を出ると、すぐそこに薬師長のハロルドが立っていた。彼は私を見て鼻を鳴らす。

「宮廷薬師になる誘いを断ったか。賢明な判断だな」

「はい、いろいろお騒がせしてすみません」

私はそう言ってぺこっと頭を下げた。

「あんまり油断しない方がいいよ。エリーはこれからも宮廷に出入りするんだからさ」

王子はそう言って、ハロルドの肩を叩いた。ハロルドが顔を引きつらせたが、ヨークは気にする様子もなく私の手を引いて歩いていった。

◇　◇　◇

少年と少女を見送った俺は、柱の陰に立っていた人物がそっと踵を返すのを見ていた。

「いいのですか、エリーと会わなくて」

声をかけると、その人がぴたりと立ち止まった。彼女は――リリアはゆっくりこちらを振り向いて、困った顔をした。

「だって、合わせる顔がないもの」

「そうですか」

本人がそう言うなら、強く止めることもないかと思った。エリーと彼女を引き合わせることが、必ずしも幸せとは限らない。俺は去っていくリリアを見送り、王子の居室へ向かった。

エリーは紅茶を飲みながら、王子と楽しげに会話していた。彼女がまとっているのは青いドレスだ。そのドレスを見ていると、ふっと記憶がよみがえる。あれを贈ったのは、ほんの気まぐれだったなと。

ギルド街の見回りをしていて、たまたま子供服の店を見かけた。店頭に飾られていた青いワンピースを見て、ふとエリーに似合うのではないかと思った。包装に青いリボンを選んだのは、竜騎士団のカラーだからだ。直接渡せばエリーが遠慮する気がしたので郵送にした。メッセージを添えたのもなんとなくだった。無言で服を贈られても不気味だろうと思ったのだ。

エリーが喜んでいるようだったので、背中を押す意味も込めてドレスも送ることにした。しかし、ルイの言葉にハッとさせられた。

匿名で服を送るのは不審に思えるらしい。今後は自重した方がいいのかもしれないな。

そんなことを思っていたら、エリーが王子に声をかけた。

「王子、表彰式にいた青いリボンの女性は誰かご存じありませんか？」

「青いリボン？　その人がどうかした？」

「私に服を送ってくださった方かもしれないのです」

「さあ……表彰式の参加者は百人は下らないからね。ほかに手がかりはあるの？」

「いえ、なにも。誰かはわからないんですが、ひと言お礼を言いたくて」

ヨークはふーん、と相づちを打ってこちらに視線を向けてきた。おそらく意味などなかったのだろうが、とっさに視線をそらしてしまった。ヨークはニヤッと笑みを浮かべ、エリーになにかをささやいた。エリーはぱっと顔を明るくしてこちらを見る。

王子は俺が送り主だと感づいたのだろう。それをエリーに伝えたのか……？　内心動揺していたら、椅子から下りたエリーがこちらにやって来た。エリーはもじもじしながら俺をうかがって、頬を染めた。

「あの、リュウリさんは人捜しがお得意だと聞きました。青いリボンの君を捜すのに協力してくださいませんか？」

青いリボンの君とはなんだ。いつのまにそんな名前をつけたんだ。俺はそう思いながら、ヨークの方を見た。ヨークはこちらに視線を向けてにっこり笑う。自分で自分を捜すなどと、馬鹿げたことができるはずもない。しかし、エリーの期待を込めた眼差しを見ていたら拒否できなかった。俺がうなずいたら、エリーがぱっと顔を明るくした。スキップしながら去っていく彼女を見送り、ヨークに向き直る。ヨークは微笑んで小首をかしげた。俺はつい主君をとがめるような声を出した。

「なぜあのようなことをおっしゃったのですか」

「なぜって、君は騎士だろう？　人助けをするのは当然じゃないか」

「王子……」

とぼけているが、聡い彼のことだからすべてわかっているはずだ。額を押さえている俺に、ヨークが言った。

「君がそういう性格だってわかってるけどね。エリーにも少しは希望を与えてあげなよ」

「エリーは青いリボンの君などいなくても生きていけます」

エリーが名づけたものだから仕方ないが、自分で口にするには気恥ずかしいネーミングだ。

「そうかもね。だけど彼女を支えるのは君の生きがいでもあるんだろう？」

正体を隠してエリーを支え続けた先に、なにがあるかはわからない。だがたしかに、彼女の喜ぶ顔を見ると心が満たされる気がした。我ながら因果な性格をしていると思う。俺は懐から出した石をそっと握りしめた。妹の代わりと言われればそうなのかもしれない。それでもエリーが大人になるまで見守ることが、きっと自分の幸せなのだ。

最終章　あこがれの君

第三地区の領主エバンスと魔剣士ディアがユニコーンの乱獲に関わっていたことは、すぐに新聞に掲載された。国王はヒドラ退治がディアの手柄ではなく、竜騎士団長のリュウリによるものだったことを発表し、エバンスを捕縛したこととあわせてたたえた。

私は新聞を手に顔をほころばせていた。これでリュウリがすごいってことをみんなに知らせることができた。よかったなあと思っていると、カランカランとドアベルが鳴った。慌てて新聞を畳んで、いらっしゃいませと言う。入ってきたふたりを見て、私はあっと声をあげる。

リュウリを伴ったヨークがにこっと笑った。ポーション入りのお茶を出すと、ヨークが明後日は暇かと尋ねてきた。

「はい、閉店後なら……」

「宮廷で花火大会をやるからおいでよ」

なんでも薬師が火薬を配合するらしい。

花火かあ。現世で見たのはいつ頃のことだったかなあ。

記憶を探るエリーのそばで、ペンが口を開いた。

「楽しそーやんけ。わいも行くー」

ちなみその後、暴食したせいでペンの体重は戻ってしまっていた。せっかく痩せたのに、努力が水の泡である。恋人のマリアに振られてしまうのではないかと言ったら、彼はニヒルな表情で「あんな性悪、もうええねん」と言っていた。どうやら恋破れたらしい。失恋して太るって、つくづく変わった猫だ。

花火大会には、表彰式でも着た青いドレスを着ていこうっと。笑みを浮かべる私を見て、リュウリが表情を緩めた。ヨークはふたりを見比べて碧眼を細める。

「あ、手がすべったー」

がしゃんとカップが傾いて、紅茶がこぼれた。私は慌ててふきんを取りに向かう。視界の端でヨークがリュウリになにかをささやくのが見えた。

なんの話をしてるんだろう？　なにか内緒の話かな……。

気になって様子をうかがっていたら、ペンが巨体を揺らして近づいてきた。

「なーなーエリー。わいもおめかししたいわー」

「あ、じゃあリボンでタイを作ってあげるね」

そういえば、青いリボンの君の捜索はどうなったのだろう？　私はふきんで机を拭いて、リュウリに声をかける。

「リュウリさん、あの……」

「王子、そろそろまいりましょう」

リュウリは私の言葉を遮ってそう言った。ヨークはしれっとした表情で返す。

「僕はもう少しいるよ」

「そういうわけにはいきません。今日は主治医の診察がある日です」

ヨークは肩をすくめ、席を立ってこちらに笑顔を向けてくる。

「じゃあね、エリー。花火大会楽しみにしてるよ」

「はいっ」

私はヨークとリュウリを店の外まで見送った。ヨークに続いて馬車に乗ろうとしたリュウリの袖をくいっと引く。私は頬を火照らせ、振り向いたリュウリを見上げる。

「あの、青いリボンの君の手がかりは見つかりましたか」

「……いや、まだだ」

その言葉にがっかりしていると、ヨークが馬車の中から口をはさんだ。

「花火大会に来るかもしれないよ」

なぜかリュウリがぴくっと肩を揺らした。そっか、表彰式に来たなら花火大会に現れる可能性もあるよね。リュウリは無言で馬車に乗り込み、去っていった。


花火大会当日、私は青いドレスに身を包んで迎えにきた馬車に乗り込んだ。続いてペンがのそりと乗り込むと、わずかに馬車がきしんだ。馬車に乗っていたルイがチラッとペンを見る。

「その猫もいるのですか。宮廷は動物は入れないはずですが」

「花火大会だから、無礼講なんやて」

自慢気に言ったペンの首もとには、青いリボンで手作りしたタイが結ばれている。

私たちを乗せた馬車はギルド街を抜けて、宮廷への道を走った。門の前に馬車がたどり着くと、多くの賓客が宮廷に入っていくところだった。私はルイの手を借りて馬車を降り、宮廷へと入っていく。そのうしろをペンがのしのしとついてきた。ルイは私を会場までエスコートして去っていく。

花火大会は一時間後に始まるらしく、それまでダンスパーティーを楽しめとのことだった。ダンスなんてできるはずもないので、食事をすることにした。そうだ、ペンの好きそうなものを取ってあげようかな……そう思って皿を手にしたら、女性たちの声が聞こえてきた。

「まあ、なんてかわいい猫ちゃんかしら」

「テリーヌお食べになります？」

振り向くと、貴婦人たちに囲まれたペンの姿が目に入った。ペンは貴婦人たちからごはんをもらって、満足げな顔をしている。ペンってば、猫のくせに女の人をはべらせている……。しかも美人になでられてごろごろ喉を鳴らしていた。

私は肩をすくめ、自分のぶんのサラダを皿に盛りつけた。

黙々とサラダを食べていたら、かわいらしい少女たちの集団が見えた。彼女たちはどうやら、中心にいる人物を取り合っているようだった。

「王子、私と踊っていただけませんか」

「いえ、ぜひ私と！」

輪の中央にいるのはヨークのようだった。白を基調とした礼服に、金の襟がついた正装をまとっている。

ヨーク様ってモテモテなんだなあ。あたり前か。あんなに美少年で王子様なんだから。それにしても、このサラダチキンはおいしいなあ。

のんきなことを考えていたら、ヨークがこちらに近づいてくる。彼は優雅な仕草で私に手を差し出してきた。

「エリー、僕と踊ってくれるかな」

「へ？」

チキンののった皿を手にキョトンとしていたら、ヨークの周りにいた少女たちがこちらを睨みつけてきた。

こ、怖い。

私は曖昧な笑みを浮かべ、椅子から立ち上がった。そうしてジリジリと後ずさる。

「あ、ごめんなさい……私、踊るのは苦手で」

「僕が教えてあげるから大丈夫だよ」

ヨーク様って優しい……じゃなくて、周りの視線が怖いんです。ヨークは青ざめている私の手から皿を取り上げ、給仕に渡した。慌てている間に、腕を引かれダンスフロアに連れていかれる。ヨークは慣れた仕草で私の手を取って、音楽に合わせて踊りだす。あたふたしている私を見て、彼はくすっと笑った。

「一、二、三、でカウントするから交互に足を踏み替えればいいんだよ」

すみません、転生前から運動神経が皆無なので説明されてもよくわかりません。もたもたしている私を見ても、ヨークはまったく怒らなかった。視線が合うとにっこり笑って「上手だね」と言う。ヨークって本当に子供なんだろうか。下手したら私より精神年齢が大人かも。

踊り終えると、先ほどの少女たちがわっと集まってきた。彼女たちは私を押しのけヨークに迫る。

「ヨーク様っ、次は私と踊ってくださいませ！」

「いえ、ぜひ私とっ！」

少女たちは血走った目でヨークを見つめている。私はその勢いにおののいた。この世界の子供たちは、こんな小さな頃から異性獲得に向けて努力しているのだ……。私なんか、二十代後半になっても彼氏のひとりも見つけられなかったのに。とてもじゃないがかなうはずがない。

顔を引きつらせていたら、給仕が近寄ってきた。

「エリー様ですか？」

「あ、はい」

「これをお渡しするように申しつけられました」

私は給仕が差し出してきたカードを見てハッとした。カードは青で、二つ折りになっているタイプだ。もしかしてこれは――急いでカードを開けた私は、そこに書かれていた文章を見て息をのむ。カードには流麗な文字で【ドレスを着てくれてうれしい。とても似合っています】と書かれている。やっぱり、これは青いリボンの君からだ。きっとこの会場のどこかにいるんだ。辺りを見渡していたら、給仕が不思議そうに首をかしげた。

「どうかなさいましたか」

「あのっ、これをくださった方はどちらにいますか」

私がカードを突きつけると、給仕はその勢いにおののいた。

「さ、先ほど会場を出ていかれましたが」

私は給仕に礼を言って、急いで会場の出口へ向かった。うしろからヨークが呼び止める声が聞こえてきたが、立ち止まる暇はなかった。パタパタと足音を立てて廊下を走っていくと、開いたバルコニーの窓からふわりと夜風が吹き込んできた。窓からは、庭園に下りることができるようになっている。なんとなくこの先に、捜し人がいる気がした。私は窓から外に出て、暗い庭を歩いていく。陽光の下で明るく輝いていた薔薇も、今は闇に沈んでいる。

静かな夜の庭に、ざああと噴水の噴き上がる音が響いていた。

噴水の近くには、大きな支柱に支えられた東屋があった。柱の陰に、すらっとした長身の男性が立っているのが見える。私はドキドキしながらそちらへ近づいていく。

「あの……」

声をかけてみたが、男性は返事をしない。

この人が青いリボンの君なのだろうか。てっきり女の人かと思っていた。私は顔の見えないその人に、ぺこりと頭を下げた。

「あのっ、ご親切ほんとに感謝しております」

そう言っても、その人は振り向こうとはしなかった。

顔を見られたくないのかな。

なにか理由があって正体を伏せているのだろうか？　でも……知りたい。あなたはどこの誰なのですか？　どうして私を助けてくれるのですか？

私はそっと足を踏み出し、その人に近づいていった。触れられるほどの距離に立つと、彼がかすかに身じろぎした気がした。

「あの……せめて、お名前だけでも」

その時、漆黒の夜空にヒュルル、という音が響いた。ドォン、と響いた音に、私は顔を上げる。闇に散った光が、大きな円を描いていた。

わあ、綺麗。

花火の光に照らされた噴水が、光を反射してキラキラと輝いている。その美しさに思わず見とれていたら、柱の陰にいた男性がさくりと草を踏んだ。

花火に照らされた彼の姿を見て、私は思わず息をのむ。漆黒の髪は闇に溶けそうなほど。髪とよく合う涼しげな黒曜石の瞳。赤と黒の騎士服を長身にまとった美青年。まさか、そんな――。私はかすれた声で彼の名前を呼んだ。

「リュウリ、さん」

まさか、青いリボンの君はリュウリだったのか。だとしたら、なぜ言ってくれなかったのだろう。私が会いたがっていたことを知っていたはずなのに。

息をのむ私を、リュウリはじっと見つめている。

なにも言わないってことは、やっぱりリュウリさんが――。

黒曜石のような瞳を見つめながらどくどくと鼓動を鳴らしていたら、リュウリがぽつりと口を開いた。

「……すまないな」

「えっ」

「青いリボンの女性を見かけたので追っていたんだが、見失った」

その言葉に、私は脱力した。ああ、そういう意味の謝罪か。ガッカリしたような、ほっとしたような。でもよかったのかもしれない。リュウリが青いリボンの君だったら、なんてお礼を言ったらいいのかわからない。ただでさえいろいろとお世話になっているのに。私は無理やり笑みを浮かべてみせた。

「そ、そうですか。残念だけどしょうがないですよね。女の人だってわかっただけでも収穫ですし」

リュウリはなにも言わずに佇んでいる。

もしかして、私の捜し人を逃したことをうしろめたく思っているのだろうか？　気にしないでください。きっとまた会えるって信じてます。

リュウリに近づこうとしたら、段差につんのめって転びかけた。リュウリはすばやく私の方に手を伸ばし、軽々と抱き上げてくる。幼い子供のように抱かれて、私は赤くなった。

「あの、平気なので下ろしてください」

「慣れない靴では、暗い場所を歩くのは危ない」

それはそうなんですけど、抱っこする必要はないと思います。

いたたまれなくて噴水を見下ろすと、水面には私とリュウリの姿が映っていた。誰がどう見ても、それは大人の男性と少女だった。

自分では一人前の薬師になれたつもりだったけど、リュウリから見た私はただの子供にすぎないんだ……。

当然ながらそんなことを思った。

ヒュルルと音を立てて上がっていった花火が夜空に咲く。こちらに向けるリュウリの横顔は、美しく穏やかだ。

先ほどまでとは違う感情で、ドキドキと心臓が鳴り響いている。
これは尊敬？　それとも憧憬だろうか。
見知らぬ感情に心を揺さぶられながら、私はリュウリと一緒に花火を眺めていた。
いつかこの人の隣で、大人の女性になって花火を見る時が来るんだろうか。
それは遠い遠い未来の話。
その時は、もっとリュウリの助けになれるような薬師に成長できていますように。
私は心の中で、ひそやかにそう願った。

おわり

あとがき

はじめまして。

このたびは「追放したくせに、もう遅いです！捨てられた幼女薬師、実は最強でした」をお読みいただきありがとうございます。ちょっと前まで追放ものが流行ってた気がしますが、最近はセリフ系のタイトルが流行ってるらしいです。流行にうとい。

申し遅れました。作者の佐藤三と申します。

スターツ出版様で本を出させていただくのは二冊目になります。一冊目は男装した薬師が王太子に正体が即バレする話（要約）でしたが、今回も薬師ものです。

前回のヒロインは十六歳だった気がしますが（うろ覚え）今回のヒロインは九歳です。ヒーローは十九歳という犯罪……いや年の差ラブストーリーであります。といってもラブはないです。ふたりとも恋愛にまるで興味がない。というかなんとなくふたりとも暗い。七年後くらいにはなにかが始まるかもしれません。


こんなご時世なので最近は家でyoutubeばっかり見ています。前までまったく興味がなかったのですが、気がついたら二時間くらい経ってるので恐ろしいです。そういえば以前youtuber

が子供がなりたい職業ランキング上位に入ってた気がしますが、調べてみたらランキング外になっていました。よく考えたら職業にするには大変そうだと思ったのでしょうか。今の子供は冷静ですね。

最後になりますが、担当様、いろいろとご迷惑おかけしました。

9月某日　佐藤三《さとうさん》

追放したくせに、もう遅いです！
捨てられた幼女薬師、実は最強でした

2020年11月10日　初版第１刷発行

著　者　佐藤三

発行人　菊地修一

発行所　スターツ出版株式会社

〒104-0031　東京都中央区京橋1-3-1　八重洲口大栄ビル７Ｆ
☎出版マーケティンググループ　03-6202-0386
（ご注文等に関するお問い合わせ）
https://starts-pub.jp/

印刷所　大日本印刷株式会社

ISBN　978-4-8137-9059-4　C0093　Printed in Japan

［佐藤三先生へのファンレター宛先］
〒104-0031　東京都中央区京橋1-3-1　八重洲口大栄ビル7F
スターツ出版（株）　書籍編集部気付　佐藤三先生